春天是每个人的

孙文淑 著

上海社会科学院出版社
SHANGHAI ACADEMY OF SOCIAL SCIENCES PRESS

目录

秋景如画

冬的阳光

序　诗

在祖国的土地上

我喜欢踏着晨光和月色
在祖国的土地上散步
细看着
我们的蓝天　白云　花朵
我们的原野　森林　峰谷
细听着
小溪潺潺的吟哦
牧群甜甜的欢啼
马达隆隆的轰鸣
儿童琅琅的书声……
我不知道
世界上还有什么地方
能使我这么着迷
常常　常常
我信步走去

不觉星斗满天　阳光遍地

我爱农村的田连阡陌
春天里绿波荡漾　　万紫千红
秋天里瓜果飘香　　灿烂如金
崭新的农舍成片地筑起
蜿蜒的高铁绵延千里

我爱喧闹繁忙的工地
一队队卡车疾驰不停
大吊车的巨臂向天挥舞
崭新的城镇拔地而起
探矿的平台巍巍耸立

我爱看到的每一个孩子
红扑扑的脸　　鲜亮亮的领巾
我爱见过的每一位母亲
美艳艳的笑　　浓烈烈的情
我爱走过的每一条街道
熙熙攘攘的人　　溢彩的灯
我爱每一个白发老者和年轻后生
他们有不褪的精气神
和幸福的自信心

我喜欢踏着晨光和月色

在祖国的土地上散步

细看啊

日新月异让世界震惊的巨变

细听啊

民族复兴中华崛起的号角齐鸣

我高诵啊

奔向未来美梦成真的诗

我呼喊着

呼喊着

厉害了我的国

爱你啊

红旗高扬的土地

春雨添花

窗外樱花醉春风

“樱花都开啦！”清早，妻推开阳台玻璃窗，一声惊呼。果然，窗外几棵樱树的枝头上盛开了许许多多樱花，一树的粉红，娇嫩艳丽，热热闹闹，在晨风中送来淡淡的清香。

“春光趁早”。难道花也是这样？昨日，我见这些樱树上只是挂着不多的叶子，其间点缀着一些粉红的花朵，玲珑小巧。想不到，一夜之间，花竟开满了树！哪来的这么多美人儿般的樱花？我昨天怎么没有发现呢？

看来，花朵也和其他自然之物一样，令人不可思议，会给人意外的惊讶。

我家居住的这个小区种植了许多樱树，少说也有四五十棵。樱花开放的季节，这里简直成了樱花园。我曾跟家人开玩笑说：“武汉大学和红安天台山的樱花很好看，上海顾村公园的樱花也很好看，阳春三月，我们小区的樱花绝不比它们差。乾清园可以更名为樱花小区了。”

春风拂面的季节，我家观赏樱花的条件是极好的，因为窗外就有十余棵樱花树。这些树栽得太靠近房屋了，以至于它长到两层楼高，枝叶伸到了晾衣架的边上。所以每隔一年，我都会请物业部门的师傅前来修剪。樱花是在阳春二三月间盛开的，白色的如霜如雪，粉红的如少女羞红的脸，一簇簇、一丛丛地在枝上绽放，每一朵都有绿绿的极细极细的花蕊。樱花盛开的时候，从我家客厅望过去，窗外似浮着一片粉红色的云，又像淡红的绸缎铺在各种树木的绿丛之中。它没有茉莉那么浓郁的香气，没有玫瑰那么娇艳的身姿，也不如牡丹那样雍容华贵，但那热烈的景象，那纯洁的色彩，那浪漫的美，就像一幅曼妙的画，一幕青春的动漫，甚至是一个美丽的童话。

樱花倾国倾城，但它的花期很短，不消半个月，便纷纷凋零。往往，被粉红妆扮的树，你轻轻地碰撞一下，那花儿即无声无息地飘落。和煦的春风多情呀，轻轻地拥抱樱树，和花儿甜甜地亲吻，那樱花羞怯了，心醉了，于是漫天的花雨在春风中飘洒，宛若花的盛宴，让天地都染成了粉红，挺喜庆的。

在两千多年前的秦汉时代，我国就栽培樱花了，不过那时仅在帝王的宫苑中可见，它象征着纯洁、热烈和高尚，备受青睐。古人在赞美它的妖娆芬芳的同时，也感叹它的短暂。“昨日雪如花，今日花如雪。山樱如美人，红颜易消歇。”这是痛心它如佳人般红颜薄命。唐代诗人李商隐的诗，写出了樱花的凄楚，表达了对它的怜惜："樱花烂漫几多时，柳绿桃红两未知。劝君莫问芳菲节，故园风雨正凄其。"但我觉得，不必把樱花飘零看得太凄苦了，它何尝不是在与春风同醉共舞，与大地亲拥热吻呢？这是一种凄美，一种献身。

春雨沙沙，春和景明，暖风拂面。我走在樱花树下，脚下软软的，静寂无声，那是香气还未消褪的花絮。白色的樱花将地面铺成柔柔的白色的棉毯，粉红的樱花将地面铺成浅红的花路。我不忍踩碎这些花的精灵，不想惊醒它们的美梦，抬起脚，轻轻地漫步，花竟在我的脚下飞舞起来，幽香跟随着，不离不弃……我想，林黛玉如在，她会来此扛锄葬花吗？我可不舍得这些飘零的花。世间本无林黛玉，何必寻觅葬花人呢？让这些花留在树下吧，春风如真有情，花儿若真有意，他们会悄然相约，相携相许的。

儿媳适从日本旅行归来，我问她："到上野看樱花了吗？"她回答："看啦，看啦！樱花树下，花落满地。观花的人，双双对对，卿卿我我，流连忘返。那是情人们的世界，爱的海洋。"

我很喜欢河图演唱的一首歌《陌上花早》："迢迢陌上花，年年颜色好。不见春来迟，但见花开早。……出云谁家女，人面比花娇。欢声里垂泪，只为别曲绝调。……剩一念未了，溯一路流光。……觅花容杳杳，岁月如潮。"这歌，用来吟唱樱花凋零和赏花人的离殇，正合适，那美好的带有伤感的歌词会让你产生某种希冀和盼望。

国人喜欢观赏樱花，好像是近十年内的事。以前赏梅、赏桂、赏菊、赏牡丹，如今又多了赏樱花，可以感到民间文化的多样和变化。樱花在日本被尊为国花，它从中国移栽过去已有一千多年的历史了。樱花观赏热，有点文化回归的味道，也说明中日两国一衣带水，文化传统本就有共同的渊源。

民族文化需要交流、共享，也可以借鉴和学习，但更重要的是彼此间的尊重。我家楼上住着一对夫妇，他们是上海大学图书馆的老师。据他们说，每年樱花开放的时节，日本留学生会和中国同学一起去顾村公园赏樱。日本人对国花是相当尊崇的。那一天，日本女学生必定换上传统的和服。他们会在樱花树下边跳边唱《樱花呀樱花》，态度庄重，非常有仪式感。他们会拾一些飘落在地的樱花花瓣带回去，小心地珍藏。中国学生当然也快乐地和他们一起歌唱，共享明媚的春光。我想，我们生活的城市有市花——白玉兰，但我们宣传很少，活动不多，更缺乏仪式感。其实，这不只是赏花爱花的小事，是民族认同、凝聚民族精神的大事啊！

室外的樱花醉了春风，也醉了赏花人的心。樱花的美是惊艳的，它的薄命让人伤感，但那何尝不是另一种美呢？世上真正美的东西是永不会消逝的。

春天是每个人的

春来得匆匆，人们还裹着厚厚的棉衣呢，那桃花却已绽放了，露出粉红的笑靥。油菜花也开了，扮得田地一片金黄。感觉那柳枝才长出新芽呢，一夜之间，竟垂柳婀娜，在春风中舒展它曼妙的身姿了。

春来得真快，它大约忘记跟冬告别了，所以春寒料峭，冬不愿意离开呢!

老人们对孩子说："春捂，春捂呀，防止着凉感冒!"年轻人才不管呢。街上，有穿衬衫的了，短裤也出现了，甚至花裙子也招摇过市了，就像初春阳光里的蜂蝶，款款的，翩翩的，趁早享受着春光。

一队队的学生出发去春游了，老人们结伴到郊野去踏青，一对对情侣在油菜花丛中甜蜜蜜地自拍，老同学们相约着聚会、赏花。上海“郁金香花展”和“国际花卉展”上人头攒动，观花人的春装、笑脸，和花一样美……繁华时尚的都市，乍暖还寒，冷暖相交，快活的人们急急地迎接着匆匆而来的春天，真是别有一番情味！

春天是每个人的，但并不是每个人都享受着春天。

我外出回来一般都要乘地铁7号线，在场中路站下车，再换乘公交车回家。公交车站在一个小广场边。好多次，我都看见一个乞讨的老人，背靠着简陋斑驳的铺盖，席地而坐。他的面前是一只残破的搪瓷缸，搪瓷缸边上是一只破旧的黑色拉链包。老人看上去有七十多岁了，不像上海本地人，面孔黑瘦，胡子拉碴，白发蓬乱。那双手，青筋毕露，枯瘦如爪。这个老人不像别的乞讨者那般手执破碗，或低三下四，或磕头如捣。他有时低首，有时抬头看看往来的行人，目光平和，像是看透了尘世间的喧嚣。那残破的搪瓷缸里，零零星星有些五角、一元的硬币，偶尔也有五元、十元的纸币。人们施舍大多是往搪瓷缸里一扔，然后匆匆离开，很少有人弯下身子，把钱轻轻地放进去，并给老人一个微笑。

我总是给老人贰元钱。我不知道他来自何处，又为什么流落街头，乞讨度日。家中无亲人，亦无收入？疾病缠身，家人遗弃？

那天傍晚，我从地铁站出来。初春的天气，气温在10摄氏度以下。风很大，感觉很冷。我在公交车站没有看到这个乞讨的老人。在他平常乞讨的位置我环顾四周，猛然看见对面工商银行宽阔的廊檐下有人裹着破旧的棉絮蜷作一团——是那个老人！我心头一紧，一种难以名状的同情和悲哀涌上心头。我不由得想起汪峰唱的那首歌《春天里》：“如果有一天，我老无所依……”

这以后，再未见过这个乞讨的老人。他到哪里去了呢？被送进“救助站”，还是漂泊到其他地方？乍暖还寒的初春，他晚上在哪里安身？

但愿我看到的只是个极端的个例。但我们的家中，那些行动已经不便、生活不能自理的老人，那些蜗居在十几二十平方米陋室中的孤寡老者，我们怎么对待他们？他们都享受到明媚的春光了吗？

我有个学生老张，最近到我家聊天，说起他的母亲，热泪盈眶：“老师，你写的随笔《想念母亲》，我边看边哭，不能自已，因为我想起了自己的母亲。母亲年纪大了，住在我这儿，可我一点也没有尽孝。她常跟我说‘吃啥菜都没有味道’，我跟她说‘现在的人见啥都不稀罕，吃啥都不香’，根本没有想到让她吃更可口的饭菜。后来，我从医生那里才知道，人的衰老是以味觉开始的。我于是狠狠地捶打自己，觉得自己是个混蛋。还有，母亲跟我说晚上睡不踏实，我想这很正常，没关系的。哪知道，对于年老体弱的母亲来说，这是机体各方面都在急剧衰退的信号。我偶尔也会陪她说说话，可她一开口，就是几十年前我如何如何。我就烦了、腻了，因为那些岁月已经遥远到我自己都淡忘了，再提它干什么呢？我总是忙，很少陪她。春天了，外面阳光明媚，我一次也没有带她出去走走，留给她的是无边无际的寂寞和眼睛里越来越深的空洞。我每天回家，她不是睡在床上，就是蜷缩在沙发里。电视机开着，灿烂春天的画面与她无关，她显得那么瘦小，那么无力。直到她彻底将自己的生命放弃，我的悲伤才铺天盖地席卷而来。我恨自己，为什么这么冷漠，对自己至亲至爱的人，怎么就没有给予更多的春天般的温暖呢？”

我无言以对。窗外，一簇簇、一丛丛的迎春花开得正艳。樱花开了，淡淡的粉红，闹闹的，涂抹了一树。蓝天上有鸟儿飞过，喳喳地叫。我想，在这个城市里，坐在窗户边，对着窗外，想象着春暖花开，盼望着春光照进心扉，梦幻着到春天里去呼吸甜润润的空气的老人一定很多吧？

春天属于每个孩子，孩子就是春天呀！可是，有许多孩子却是在学业重压下或是在艰难困苦中与春天为伴的。

我家的附近有座木文化艺术博览园，里面场地宽敞，展厅很多。许多展厅闲置着，于是借给一些校外教育培训机构，办起了学堂，给中小学生补课。上星期日，我进去看看。三楼展区整整“一条街”，都是各种名目的培训班，语数外，理化，奥数，门类齐全。上课的学生，从幼儿到高中都有。课堂外，虽然寒风阵阵，但毕竟农历二月，已近春分，桃红柳绿，鸟儿啼鸣，盆栽的春花秀姿抖擞。课堂里面，莘莘学子，埋头苦读，真是“春光趁早，不输光阴”。这天是星期天呀，孩子们似乎没有双休的权利！我认识同一幢楼的一个孩子，小学三年级。他要在这儿读一整天，上午语文数学，下午画画。傍晚，我在楼梯口遇见他，正巧他在跟妈妈说话。“妈妈，明天能带我到顾村公园看樱花吗？”他妈妈对他说：“休想！你学校的作业还未做呢！”那孩子一脸的委屈，低头不语，默默地上楼。我心里想，春天匆匆而来，看样子，也会在孩子的身边匆匆而过。唉，可怜的孩子。

边远乡村的孩子怎么样呢？最近我看到一则报道，说的是西藏墨脱县帮辛乡有一所小学，全校 90 多名学生放假回家的事。这些学生来自学校附近 8 个村庄。说是附近，最近的也有 15 公里，而且全是悬崖峭壁间的山路。学生们平时吃住在学校里，放假了才由老师护送走回家，从学校到最远的岗玉村，要走16个小时。从下午1点到晚上9点，7个村子的学生陆续到家，最后的岗玉村的5名学生要在第二天再走7个小时。这是怎样的一条山路呢？是一条紧贴着山崖的一米多宽的马行道，下面就是一百多米深的悬崖和湍急的雅鲁藏布江。在道路最艰险的地方，孩子们只能分成小组，一组组小心翼翼地通过。碰到马队时，孩子们还得退到较宽点的地方，紧贴山崖，等马队走过，才能继续前进。要到岗玉村，必须滑过一条二百米长、距离水面三十米高的溜索，下面是波涛汹涌的江水。这九十多个孩子回到家中，除了完成作业，还要做家务，和大人一起劳动。我读到这则报道的时候，不只是震惊，还有茫然。我想，对于这些门巴族的孩子来说，春天在哪里呢？春天匆匆地来了，高山积雪消融，江水冰凌解冻，冬去春来，年复一年，他们总是与高山、大河、蓝天为伴，他们是没有美丽春色、享受春光的概念的，他们心中唯一的强烈的心愿就是好好读书，走出大山，自己去创造美好的春天，创造家乡和门巴族的春天。至于现在，春天似乎与他们无关。

春天是每个人的。每个老人、每个孩子都应该有春天。春天应该长驻在每个人的心里。

当我们悠闲快乐甚至忘情地享受着春天美好的时候，朋友，别忘了这些老人、这些孩子，共和国现在的春天、未来的春天是不能缺少了他们的。

粉笔无言

教了几十年书，写了几十年的粉笔字。三寸长的粉笔，洁白无瑕，朴直无华，像极了我们的职业生涯。黑板上，粉笔写的字、画的画，粉笔列的图表、公式，粉笔给学生布置的作业、写的留言……假如它们没有被擦去的话，那简直是千言万语，洋洋大观。那是厚厚的知识的大书呀，是人生的长长的印迹，是感情的深深的河……

作家冰心在她的书里曾写过这样的话：“那时候，我的代数学得不好，数学老师一直鼓励并辅导我，给我带来莫大的安慰。我曾流过许多焦急的眼泪，在眼泪模糊之中，灯影下往往涌现着老师美丽祥和的脸，出现黑板上她写的清秀的粉笔字，我就仿佛得到了灵感似的，擦去眼泪，又赶紧往下做。”

复旦大学陈果老师给学生讲修养讲人生，粉笔在黑板上款款写下：只有真正热爱生活、拥有好奇心的人，才配得上拥有快乐的力量。深邃的思想，人生的哲理，在黑板上熠熠生辉。她被学生尊为“灵魂导师”“思修女神”。

粉笔无言，却具有如此神奇的力量。于学生，它是知识与思想的甘露；于师者，它是生命的光芒，闪耀，撩人。

我想起几个小故事。

著名的小学语文老师贾志敏，上课时为了让全班学生都能看清板书的全过程，他半蹲下自己清瘦衰老的身体，一笔一画地写，手在下，字在上。几十年练就的粉笔字基本功，使他的板书字迹工整，端丽，又迅速。他说：“给孩子写字就得这样，在无形中给孩子做榜样。我蹲下身子，是让孩子知道，做任何事都要顾及他人；我写得工整，是让孩子知道，做任何事都要认真，从小养成好习惯。”

有一次我在一所中学听课，那天正是初春的天气，春寒料峭，室外冷风阵阵。上课的是一位女老师，内容是作文讲评。她不用PPT，在学生习作交流时随机在黑板的左边写下作文素材，右边写下精彩的文句和优美的词藻。满满的一黑板，纤纤字迹似行云流水，行列齐整又如排兵布阵，速度之快简直是魔法变幻，电脑显示也不过如此。我不禁大为赞叹：这是老师画在天际上的一道道彩虹，是谱在乐章中的一个个跳动着的音符啊！她的手上、衣上沾着了一层白霜似的粉笔灰。黑板离门咫尺，只见她将备课本搁在讲台上，快步走到门外，掩上门，在寒风中清理粉笔灰，然后打开门回来，轻轻地关上，朝学生一笑，继续捏起粉笔，上起课来。我知道，这短短的半分钟，她是把粉笔灰留给了自己，把清洁给了学生。在这样的课堂里，我们得到的何止是写作的知识和汉字书写的美妙享受呢？！

我的侄媳在闵行的一所中学里教书，她跟我说起学校里一位和她搭班的数学老师。这位老师是个瘦瘦的老头，个子矮矮的，挺斯文的样子。他开心起来的时候，眯起一双小眼睛，一脸的笑，脸颊两边显出一对深深的酒窝，像个可爱的老小孩。有个学生在周记里写道："有时候我特别想用手去戳戳田老头那对酒窝（他姓田，学生背地里亲昵地称他田老头），看看会不会戳出甜甜的蜜来。老头在我心里是神一般的存在，每次看到黑板上他写的密密麻麻的数学公式和英文字母变成了一个数字，我就觉得，田老头真神奇，他会变魔法呀！"田老师有一肚子的墨水，上课时不经意间就会说一些很有哲理的话，他会把这些话写在黑板上。他写得一手令人羡慕的好字，板书干干净净，每个字都锋刃有力，以至于上完课，黑板擦子都擦不掉粉笔印子。他写粉笔字有个习惯，喜欢把粉笔头磨圆，然后把所有的力气都倾注在了指尖和手腕间，字写得粗犷、清晰，跟他那瘦瘦小小的模样很不相称。他还嘿嘿地笑着问学生："看清楚了吗？看清楚了吗？"脸颊上露出深深的一对酒窝。

侄媳给我介绍的时候一脸的佩服和钦慕。我觉得这个像可爱的老小孩一样的老师真是绝了，他在一支小小的粉笔身上倾注了所有，那细细的白色的粉末化作绢绢润润的学养，哺育着他的莘莘学子呢。

粉笔很小，长不到三寸；粉笔不贵，没有不菲的身价。可是粉笔承担着教师传道授业的重任。以前，我不光用白粉笔，还喜欢用彩色粉笔。讲台上一盒白粉笔，一盒彩粉笔，放置左右，那是讲台最靓丽的装饰。我会寻觅一个漂亮的金属方盒，把我认为最规整、最少杂质、最不易断裂的粉笔放于其中。下班以后，我会把这个笔盒藏于包中，随身带走，就像今天我们随身带着手机、带着钱包和支付卡一样。

粉笔是容易断裂的，不停地使用，它逐渐短小，以至于到最后成为了“粉笔头”，手捏不住，无法再用。

有一年我到安庆市郊一所学校参加活动，教导主任范老师告诉我，他们学校有一位邹老师，教自然常识课，他在业余时间专门收集丢弃的粉笔头，不仅收本校的，外校的也收。在他家里，有自制的碾压粉笔头的机器，有黏合粉笔细末的黏合剂和器具，有制作粉笔的各种模具。他带着几名学生，变废为宝，每个月都生产出几十盒甚至上百盒的粉笔来。然后，他把这些粉笔交给学校再使用。那是二十世纪九十年代初期，学校办公经费不宽裕。他的创造性劳动，为学校节省了开支，虽然数额不大，但艰苦奋斗、奉献教育的精神十分感人。我那次没有见到这位可敬的邹老师，却看到了他和学生制作的粉笔：比买来的略灰一些的白色，笔直笔直的笔身。有趣的是，他的粉笔很人性化，一种稍细稍长的适合女老师纤细柔弱的手使用，另一种稍粗稍短的则为男老师粗阔有力的大手定做。他的粉笔造型也很有创意，有圆柱体的，有长方体的，有近似于圆锥体的，还有适用于画画制表的尖细的小粉笔。在黑板上书写，这些笔跟买来的一样，方便，快畅，舒爽。这是“粉笔头”的新生命啊，粉笔若有灵，化作精魂，一定会在教育的花圃中快活地歌唱，一定会护佑勤勉情深、富有创造精神的教书人。

去年我又到过这所学校，还是未见邹老师，他到大别山区去支教了，随身还带去了几十盒用粉笔头制作的粉笔。听说几年前他在家里碾压粉笔头的时候，不小心被机器压断了手指。那是要拿捏粉笔板书的右手食指，虽然指关节接上了，但不能弯曲。他后来硬是练习用拇指和中指捏粉笔写字，半年，一年，居然又能在黑板上用一支自制的粉笔，引领着学生在科学的天地间游弋。

这是怎样的一位老师呢？魁梧高大？英俊帅气？儒雅的书生？纯朴的农家人？我想象不出，又觉得都是。视教育为己任、以育人为担当的教师都是天底下最俊秀最优雅的人。他们是脚踏实地、埋头苦干的平凡人，又是顶天立地、忠诚不渝的非凡者。

三尺讲台，朗朗乾坤，演绎精彩的故事；粉笔无言，板书千万，妆扮课堂上满目的春色。

一个维吾尔族姑娘

那几日我在武汉，不知道家中的老妻遇到了一次车祸。下过雨的街道湿漉漉的。春寒，风很大，路人匆匆。妻从生鲜卖场出来，拎着两袋蔬菜和鱼，急急地往家赶。她走下人行道，欲穿过横道线，这时，一辆电动车从横里驶来。也许是风吹乱骑车人的头发遮住了视线，也可能是骑车人注意力不集中，她见到前面有个白头老太太，心急避让，没有掌控好车头，车在湿漉漉的路上扭了几下，终于失控，"啪"的一下，突然摔倒了。这一摔，碰到了我老妻手里提着的菜袋子。老人猝不及防，脚力不支，连人带菜也跌倒在路上。

摔倒的骑车人是个姑娘，大约二十来岁。她这一跤应该是跌得不轻的，因为正巧跌在人行道边沿台阶上，但毕竟年轻，很快爬了起来。她顾不得痛，也顾不上车，急急地来扶我老妻。老妻可不一样了，久久站不起来，腰闪了，腿抽筋了。好不容易被搀起来后试着走几步竟一瘸一拐——受伤了！

是那个骑车的姑娘陪着老妻去医院拍片检查的，所幸无大碍。她抢着付了医药费，交换了彼此的电话和姓名，还再三地表示有什么伤痛她一定负责，然后送老妻回家。可怜那两条鲫鱼，原本是活蹦乱跳的，由于离水久，终于变得直挺挺的了。

这事发生在我从武汉回上海的那天，我到家已是晚上八点半，一进门，妻就告诉我事情的经过。我看她好像已恢复常态了，只是腰还有点疼。不一会儿，电话响了，是那个骑车的姑娘。妻按了免提。我听她在电话里一再地询问伤情，一再地道歉，一再地表示要上门探望，她说很不放心。她态度诚恳，话里含着内疚，甚至带着哭腔。我有些感动，这态度和语气真像是女儿对母亲的牵肠挂肚和深深的负疚。奇怪的是，她普通话很不流利，口齿不清。妻跟我说，她是新疆人，维吾尔族。唔，这倒是个意外。

第二天清早，电话铃又响了，还是她！她已站在我家小区门口了，说带了慰问品前来探望。我怀着好奇心，陪着老妻一起到门外去与她见面。

哇！好标致好漂亮的一个维吾尔族姑娘！不过不是我脑海中的维吾尔族女孩。我脑海中的维吾尔族女孩是梳着许多根长及腰际的小发辫的，戴着绣花小圆帽，穿着维吾尔族传统衣裙，绷着长统的皮靴。但她不是，完全是汉族女孩的打扮，披着齐肩的长发，一身粉色的绒衣，着一双白色的普通的胶鞋。那长相才是典型的维吾尔族美女：个子高高的，一双深幽幽的大眼，高而挺的鼻梁，皮肤白皙。她提着一箱牛奶，一盒杂粮曲奇，一大袋苹果，一见面就叫着

“阿姨，阿姨”，脸色绯红，像是一个犯了错误的小孩。

我们请她到家里坐坐，一再地宽她的心，并亲切地交谈。

她的家乡在新疆伊宁，那儿已是西北边陲，离吉尔吉斯斯坦不远了，一家五口住在一个小乡村里。“我们那儿是个好地方啊！”她说，“出门可见白雪皑皑的天山，天空湛蓝湛蓝的。门外有积雪融化而成的小河。我家种葡萄，栽枣树和梨树。春天里，葡萄架上叶子碧绿，枣树的枝条在风中摇摆，雪白的梨花被风一吹，花瓣纷纷扬扬，洒落一地。到了收获的季节，水灵灵的葡萄，红彤彤的大枣，黄澄澄的梨挂满枝头，空气里飘着果香。”她说得神采飞扬。维吾尔族女孩天生的爽朗、大方、热情，就像天山南北辽阔碧绿的牧场那样，坦荡，浓烈。但他们那儿还比较闭塞，交通不便，伊宁特有的水果菜蔬不能及时运出去，老百姓生活还不富裕。她念完高中，跟着叔叔伯伯们来大城市打工，想多挣点钱，回去再读书。“为什么不到乌鲁木齐，到兰州或者西安呢？那些地方比上海近得多呢！”我问她。“上海发达，挣钱的机会多。再说，上海人好呀，就像你们，我闯了祸，你们还这么和气，一点不责怪我。”她用并不流利的普通话说着，一脸的真诚。

她是上海一家快递公司的快件分拣员。骑车摔倒的那天，因为有快递员遗失了快件，她奉命到几个站点去搜寻，脑子里一直想着自己的任务，想着要为同伴分忧，在车上分心了。

临走，她还是再三地致歉，说：“过几天我再来看望阿姨。有什么情况一定要告诉我哦，我会负责的。阿姨年纪大了，因为我受了伤，我太对不起了。”我心想，我们遇到了一位有责任心、心地坦诚的女孩了。

两天后，她又打电话来了，又是一再地询问伤情，一再地道歉，一再地表示要上门探望。我们实在不好意思，婉转地谢绝了。这次婉拒，可是费了不少的口舌，我妻子说了不算，连我也上阵了。

我一直记着她在我们面前说的话："我在上海两年了，觉得上海人和我们新疆人一样，都是很辛苦的。上海工作的节奏、生活的节奏比我们那儿快得多，而且讲信用，讲责任。我已经舍不得离开上海了，不过还是要回去，回去读书。多读书，才会有好生活，才能再到上海来工作呢！"

我在一本书上读到过一则维吾尔族古老的传说。古代的新疆，有一个叫比尔克斯的维吾尔族女孩。她有一样特殊的本领，就是能织出别人织不出的图案。她从八岁那年开始，用五千只蚕吐出的丝和五千个木匠做成的梭子织她的头纱，到十六岁那年才织完。她的父亲要为她定亲，问她："你想要什么样的人呢？"女孩说："有谁能认识我织的那条头纱呢？有谁知道我的心事呢？不管什么人，只要知道，我都愿意嫁给他。"她的父亲于是许诺，只要能说出他女儿心事的人，就可以当他的女婿。十几天后，一个年轻小伙子来了，说出了女孩的心事：头纱上有一座高山，山上有一个洞，洞里面有一只五彩羽毛的翠鸟。但是那里有一个妖怪守着。女孩的心事就是，谁能取得那只五彩羽毛的翠鸟，谁就能得到幸福。勇敢的小伙子凭自己的智慧和力量，战胜了妖怪，取得了五彩翠鸟。可是女孩的父亲觉得小伙子家里穷，不愿意把女儿嫁给他。比尔克斯知道后非常气愤，在一天夜里和小伙子带着头纱和翠鸟，骑上马跑了。她父亲追了上来，对她说："我的女儿，你怎么能丢下父亲去跟一个穷小子生活一辈子呢？快跟我回去吧，我会给你找一个尊贵的丈夫。”比尔克斯把五彩翠鸟放在地上，对父亲说：“天底下最伤心的事不是我们的分别，而是不讲信义、不负责任的行为。亲爱的父亲，你好好想想吧！”说完，她和小伙子一同骑上翠鸟，飞到了天上。他们越飞越远，最后只剩下一道绚丽的彩虹挂在天上。据说，后来小伙子和姑娘辛勤劳动，过上了幸福美满的生活。直到现在，在天山南北，我们还能在雨后看到他们的身影，听到他们的笑声呢！

信义和责任，是维吾尔族人世世代代的古老传统和人生信条吧！我们这一个大眼睛的维吾尔族姑娘，多像是传说故事中的比尔克斯啊！她的心地如彩虹那么美丽！我相信她，一定能过上比尔克斯一样幸福的生活。

中华民族是个大家庭，汉族和维吾尔族一家亲。让我衷心地祝福她！

十字街头

有一年我出差到福建的某个城市，过马路时，对面的绿灯标志是一个正在行走的人的模样，他“走”得极快，不断地跨步，灯不断地闪，这好像是在发出指令：“放你们过去，快走！快走！”于是我们急匆匆地往前赶，不论大人小孩，不论老弱病残，全得在短短的几十秒的时间内冲到马路对面去。我走不快，有好几次，还没有冲到“终点”呢，红灯亮了。这时，各种各样的车，浩浩荡荡，轰隆隆，哗啦啦，像出山的猛虎，张着血盆大口，伸着巨足利爪，扑将过来。我害怕了，呆立路中，任车辆在我的身前身后疾驶而过，那种心惊胆战，那种尴尬，那种被蔑视被欺负的感觉，难以言表……

有一次，在另一座城市乘公交车，上来了一位中年妇女，她刷卡乘车，连刷三次都没反应。驾驶员不耐烦了，说：“你投币吧！”

妇女在自己的包里、身上搜来找去，也没有找到零钱。驾驶员的脸难看起来，明明车已开了，他竟转动方向盘，准备把车向路边开，喊这位妇女下车。我看不过去了，对驾驶员说：“偶尔忘了备零钱，她下次乘车会补的，灵活机动一下吆！”“说得轻巧，你知道她不是存心的？要不，你替她付！”中年妇女早已窘得满脸通红，说不出话来。我不能让一个妇女就这样在众目睽睽之下丧失尊严，遂替她投了两元钱。

这都是几年前的事了。去年，我又到福建的那座城市去，过马路的绿灯标志已经改了，虽然还是那个绿色的小人，但不再不断地跨步，灯也不再不断地闪，时间延长到了 90 秒，行人可以从容地走，不必急匆匆了。

同样，文明车厢建设使公交车上多了一份温馨，司乘人员和乘客之间的关系有了明显的改观，纠纷少了，体谅多了，尊重和友善正成为越来越多人的价值取向。

社会一直在进步。我对媒体上一些愤青者说中国人道德素质低下，长此下去民族无望的言辞不以为然。也许他们说的部分是事实，可为什么看不到素质提高、文明进步的另一种事实呢？一个社会，一旦对尊重人有了普遍的共识，一旦把人性关怀作为了社会治理的原则和第一要务，那么，社会也就逐渐地走向和谐，走向普众幸福的高度了。

愤青是容易的，但更需要的是行动。

上海的汽车驾驶员，不论是开公车的还是私车的，其素质这几年提高了不少，一个最显著的表现就是礼让行人。无论在闹市的十字路口，还是在冷僻的小马路上，凡汽车小转弯和行人过马路同步的时候，凡没有红绿灯的地方，汽车都能减速慢行，或者停车让行人先走。有的时候，行人看汽车过来了，下意识地停住了脚步，这时驾驶员会缓缓地停下车，然后探出身子，微笑着向行人招手礼让，行人呢，也会微笑致谢。这真是一幅美好的图画，犹如和煦的春风拂面，让人温暖到心里去。

有一天，我从一所学校出来，等候过马路去乘公交车。这条路很宽，上面是高架路，高架的下面是绿化带和行人等候区，把宽阔的马路分成了南去北往的两部分。在我的身边站着一对老夫妇。那老先生显然高龄了，拄着拐杖，颤颤巍巍，老妇人扶着他，也颤颤巍巍的。他俩就像两株干枯老树的残枝，互相依偎着，弱不禁风。绿灯亮了，他们慢慢地挪步，蹒跚着，搀扶着，那步子小得可怜。我走到高架桥下了，回过头一看，他们才走到马路中央呢！这时车行的绿灯亮了。奇怪的是，没有一辆车开动，大客车、小汽车、公交车、公务车全停在那儿，静静地等待老夫妇。民警过来了，他在车辆前面站着。我身旁两个年轻人返回去，一边一个搀扶这对老人。这个时刻，路的这边，没有车辆的喇叭声，没有嘈杂的人声，连风也似乎只轻轻地吹，一切好像都静止了，只有这对老夫妇在挪步。暖阳照在他们满是皱褶的脸上，我看到他们恬然祥和的笑容。

这一幕，令我无比感动。事情虽小，整个过程不过几分钟，却是一次众人的善举，这是对老人的尊重，对生命的尊重。这种善举和尊重，净世，暖心，体现出人的高贵和优雅。明明是绿灯，那些汽车为什么不走？它们是怕吓着了老人；那位民警为什么站在汽车的前面？他是在守护老人的安全；那返回去搀扶老夫妇的青年，他们不以小善而止之，伸出去的手，给予老人的是尊重、敬爱和温暖。

还有一件事，我一直不能忘怀。阳春三月的一个傍晚，我背着包，提着一袋物品乘公交车回家。车上人很多。我刚上车，有三位坐着的乘客同时站起来给我让座，其中有一位已头发斑白，估计也是六十岁左右的老人吧。他一定要我坐下，说另两位是年轻人，干了一天活也累了，还是他站着吧，身体还好，不吃力。我无法拒绝他的好意，只得坐下。车到十字路口，突然急刹车，他一个趔趄，差点儿摔倒。这时，又有两个乘客主动站起来让他坐。可能是这些乘客主动让座的行为感染了全车厢的人吧，车到下一个站，上来了一位抱小孩的妇女和一个孕妇，车厢里坐着的乘客齐刷刷地站起来，抢着让座。那母亲和孕妇一定是颇感意外，受宠若惊，忙不迭地感谢，竟犹豫着不知坐哪儿好了。

车厢里笑声不断。车外，晚霞映在房屋、树木、店招上，金灿灿的。一辆校车从我们边上驶过，孩子们清脆悦耳的歌声飞出窗外，在街上回荡。

十字街头的故事，很多很多。

节日期间，南京路步行街游客摩肩接踵，过马路时人潮涌动。武警战士站成两堵人墙，这人墙像是两扇门，按红绿灯设定的时间有规律地开合，确保人们过马路的秩序和安全。

连续几天大雨，马路积水了，下水道的阴井盖损毁，志愿者冒雨站在阴井边上，几小时几小时地守护着，不让过往的车辆和行人发生危险。

放学了，小学校的老师搀着小朋友的手，带着队伍过马路。来往的车辆见到了，全都停下来，目送着这些可爱的小天使。漂亮的女老师举着小红旗，招呼着孩子们，路上留下一串串银铃般的笑声。

快递小哥的车驶来了，外卖送餐的车驶来了，慢行道的车流中让出了一条畅通的道。

……

那天清早5点钟，路灯还亮着，路上静悄悄的。我赶着乘首班地铁到奉贤去，走到十字路口，见一位清洁工人在扫街，长扫帚在地面上发出沙沙的声响。我认识他，他就住在我们小区的地下车库里。我跟他打招呼："你好啊！这么早就出来干活了，真辛苦。""不早不行呀，要趁着人们上班前尽快地干完，不影响走路，不妨碍车辆通行。你看，我已干了一个小时啦！"他指着不远处的垃圾车对我说。"哇，车里都满了！""是啊，上班的人，买早点的人过会儿都要出来了，他们看到干干净净的街道，一天的心情都会好起来的。"他满脸沧桑，话语里透着尽职、尽心和对人们的好意。长扫帚的沙沙声又响起来了。我望着他渐渐远去的背影，一股温情涌上心头，那沙沙沙的扫地声仿佛是一曲动听的音乐，声声入耳。

路灯熄了，十字街头渐渐明亮起来。我知道，再过一会儿，这里就要热闹了，暖阳普照，春光如海的一天又要开始了。

木兰草原遐想

对“木兰草原”心仪已久了。听黄陂实验小学的老师描摹过她的美貌，看网上博客诗文赞颂过她的风情。这是一种诱惑，时间久了，“木兰草原”似乎成了我心中的情人，未曾谋面，却心驰神往。

今天，终于有幸，一睹她的芳容。

我踏着芳馥的浅草走进这个草原。这里的确广阔，绿茵遍野，地势起伏，绵绵延延，偶有溪水堑壕流经其间。四月春光，暖和而妍丽。远处，白色的蒙古包散散点点，杜鹃花开得红艳艳。近处，小屋舍上的紫藤萝像瀑布一样泻下来，香气似乎也是紫色的，梦幻一般轻轻笼罩着我。紫藤萝下面是荡动的秋千式的坐椅。我抬起头仰望蓝天，凝视它的深邃，吸吮它的色泽。地平线离我们很远，那里树木葱茏，遮住了更远处的青山。在我们漫步走过的地方，情侣们在草地上或躺或坐，有的依偎着拍婚纱照，轻轻絮语。我看到一对小情侣喜滋滋地伸出自拍杆，凭着这碧海绿波，凭着这爽气清氛，凭着阳光与蓝天的爱抚，见证他们的爱情久长。

啊，真美！她确实有诱人的容貌和妖娆的风姿。这无可言喻，给我带来一种至乐，一种飘飘然的感觉。对我这样久居喧嚣闹市的人来说，这里真是一处美妙的所在。我陷在她温暖的怀抱里了。

我累了，坐在婆娑的树影下歇息。枝头，时而有小鸟在鸣唱；花间，时而有蝴蝶在飞舞。我忽然想起，我不是见过也亲历过这样的“草原”吗？在上海，有“东方绿舟”，那儿只是没有蒙古包。在南京，有“夏日少年营地”，那儿就是多了一些活动设施。它们都有广阔无垠的碧绿草地，都有沟壑溪流，都有青山与林木环抱。这美丽的木兰草原，铺设于荆楚大地，洞庭湖畔，它应当有不同于江南的味道，有自己的特色和个性，它应当与花木兰有紧密的内在的联系。

花木兰这位代父从军的巾帼英雄，最早出现在我国南北朝时期的民歌《木兰诗》中，距今已有一千六百多年。现在，在我们的中小学里，孩子们还在吟声琅琅：“唧唧复唧唧，木兰当户织，不闻机杼声，唯闻女叹息……”花木兰究竟是传说中的人物，还是实有其人呢？史学家们众说纷纭，莫衷一是。如今许多地方争抢着说花木兰是他们那儿土生土长的宝贝，都认为是实有其人的。最引以为豪的是两个地方。一是河南商丘的虞城，据说那里有木兰墓、木兰祠、木兰山，并且考证出木兰的生日是农历四月初八。他们称虞城是“中国木兰之乡”。二是湖北黄陂。据说《黄陂县志》记载，木兰生于黄陂以北七十里地的姚集镇，本是朱氏女。黄陂那里也有木兰山、木兰祠等遗迹，所以木兰是黄陂人确凿无疑。但不管各地如何争抢，有一点是肯定的，即花木兰的姓氏、籍贯，史书并无确载，一切有待于考古发掘和史料考证，这可能要相当长的时间，或许会永无定论。作为文化传承的需要和发展旅游经济的有利条件，重塑木兰形象，大搞木兰文化，光大木兰精神，未尝不可。一千几百年前的历史，不论是北魏还是隋唐，都存在着诸多的变数和可能，谁能说得清呢？木兰是我们民族的女英雄，是中华炎黄子孙中的精英，我们谁都可以敬仰她，爱她，亲近她。不过我想，黄陂地区一个如此美丽的草原，既冠以木兰的名字，就需要建立与花木兰史迹和精神上的联系。人们游览木兰草原，不只是看一大片的人造草地，看一群泥塑的马牛羊，看模仿的塞外黄土、帐篷、蒙古包，感受这儿杨柳依依、小草青青、芦苇苍苍、花儿娇娇的美景吧？不然的话，何以冠名“木兰草原”呢？

茫茫大草原并不是木兰的家乡，而是她策马驰骋的疆场，英勇杀敌的战地。“旦辞爷娘去，暮宿黄河边，不闻爷娘唤女声，但闻黄河流水鸣溅溅。旦辞黄河去，暮至黑山头，不闻爷娘唤女声，但闻燕山胡骑鸣啾啾。”木兰从军杀敌的地方是黄河以北黑山与燕山一带，那是蒙古境内莽莽草原。“天苍苍，野茫茫，风吹草低见牛羊。”这才是木兰的大草原！那里听得到黄河鸣溅，胡马呜咽；那里看得见黑山苍凉，燕山巍峨。那里“朔气传金柝，寒光照铁衣”。艰苦的环境，苦难的生活，身经百战，十年生死，谱写木兰年轻生命的辉煌。

木兰精神是什么？是亲情，是自立，是爱国，是果敢。木兰草原，要再现《木兰诗》的意境，要飞扬木兰精神的大旗呀！

下午，在竹筏漂流的湖边，我看到一匹骏马“嗒嗒嗒，嗒嗒嗒”飞奔而来，骑士似是女性，短发、束装、皮裤、马靴。她双目远视，英气逼人，策马而去，留下一路尘埃。这分明就是花木兰！现代版的花木兰！只一眨眼的工夫，她在山坡的那头拐弯了，渐渐消失在绿野之中，那么英俊、潇洒，一往无前！见此，我浮想联翩：花木兰，关山度若飞，莽原急追敌；花木兰，铠甲披在身，战刀砍敌顽；花木兰，班师回皇都，旌旗风猎猎……想象中，花木兰又变成了现代女子，变成了俊秀少年，变成一队队一列列威武雄壮待令出发的战士。

我喜欢望草原之上瓦蓝瓦蓝的天，天之下连绵起伏的山。天空一碧如洗，山峦青翠欲滴。那山，一山近一山远，一山绿一山青，一山浓一山淡，构成了木兰草原天然的巍巍屏障，好似花木兰十二年征战生涯的背景，多彩、斑斓、清英、雅秀、绝代风流。

傍晚，离开木兰草原的时候，我回望那如茵的绿野，突然想，当老师的，当爸妈的，一定要带孩子到这儿来玩，在想象和摹拟中追寻花木兰曾经走过的路和留下的痕迹，在春天，也在冬天。冬天，当雪花曼妙地飞舞在木兰草原的时候，这里一定成了茫茫的雪原，洁白晶莹的世界，雪原连着天际，使灰蒙蒙的天也明亮起来，一望无际。一定要和孩子一起观雪，踏雪，尝雪，玩雪……寒风凛冽，冬阳普照，雪在，树在，草在，我们在，木兰也在。其实，我们一起赏玩的，铭记的，可能不只是雪，还有那雪中曾经响起的战鼓、号角，或者是木兰英勇杀敌、在风雪中驰骋草原的故事。木兰草原上有许多蕴藏着的美好，历史的，生命的，亲情的，友爱的，信念的，就像被雪覆盖的草一样，我们要去发现，去领略。不能错过啊，错过了会遗憾。

我希望有幸再来这儿的时候，木兰草原能把更多美好的东西给予我们，让我记住她的好，她所有的好，她的特别，不可替代。

和学生一起读书的故事

最近一期《小学语文教师》上有篇署名莫国夫的文章——《阅读，给孩子的最好礼物》，读后深有同感。这是一篇好文章，读着它的文字，记忆的碎片随之翩翩而来。我虽笔头拙笨，但情难自抑，还是写下一些和学生一起读书的往事，以表内心之感慨。

上世纪五十年代和六十年代初期，是我在校求学的岁月。那时可读的书不少，不光有《少年文艺》《儿童时代》《萌芽》《诗刊》《上海文学》这类杂志，还有众多的中外名著和其他文学著作。书籍浩如烟海，作家灿若星辰。我大约算得上是个“文学少年”，读的几乎全是文学类的书，而且“贪得无厌”，读得废寝忘食。那时，我常常在星期日备上一只罗宋面包，面包里夹一个豆腐卷，泡在上海图书馆里一整天。有时候我也躲在简陋的街道图书室里，找个安静的角落读上大半天。至于窝在被子里看书，吃饭时看书，上课时偷偷看书，那是常有的事。一些大部头的书，大多是那时候这样读完的。不知为什么，许许多多的书读过了，雨果的《悲惨世界》让我记忆特别深刻，那个可怜又善良的冉阿让的形象一直印在我脑海里，至今还“活着”。有一个时期，我迷上了剧本和诗歌，崇拜曹禺、老舍和臧克家。在师范念书时，上台演过《雷雨》里的一个角色和《放下你的鞭子》里那个爱国的热血青年。“文化大革命”前夕整团的时候，因为我给学生讲《聊斋志异》和《悲惨世界》的故事，说我向学生放毒，受到团内批判，而且不准抗辩。现在想想，真是荒唐。

读书，不光使我扩大了看待社会、历史和世界的视野，还让我求善向美，崇尚真理和正义，锻造民族筋骨，促进了自我精神的发育和成长。

有这么一句名言：阅读，就是天使。如果真有天堂，天堂就是图书馆的模样。读书真是这般美好！当教师之后，我常常思考如何和学生一起读书，如何将读书融入他们的生活，把这份最好的礼物献给他们，伴随他们一生。

诵读课

我年轻的时候电视还未普及，听无线电广播则很普遍。广播电台经常有朗读节目，除了小说连载（如《保卫延安》《古刹钟声》《青年近卫军》《叶尔绍夫兄弟》等），也有诗歌散文的朗诵（如鲁迅的《野草》、臧克家的《有的人》、郭沫若的《天上的街市》等）。每到这时，我就会手捧香茶，静坐聆听，沉醉其中……读师范的时候，我参加过市青年宫办的中学生朗诵队，受到电影演员上官云珠的辅导。那些朗诵过的诗，印象最深的是那首《毛主席就在我们中间》，至今还背得出来，并在不少场合朗诵过。我突发奇想，每周给学生上一节诵读课，先由我诵读小说或散文的片断，用我的朗读感染学生，让他们享受文字的美好。我总是手捧自己喜欢的书，像广播电台的播音员一样，对着我的学生娓娓道来。

文学的力量真是强大。我意想不到的是，诵读课大受学生欢迎，他们不仅喜欢听我的诵读，爱上了文学作品，还有人开始主动要求上台诵读。这样，更多的书便推介开了，在学生中间传阅。诵读课，成为我们班最快乐的时光。

后来，录音机开始流行起来，常有时尚青年拎着个双卡录音机招摇过市。我花钱买了个“小三洋”，把学生的诵读录下来，一有机会就播放。被录音的同学听到自己的声音从那个小匣子里流出，都惊喜万分。他们听得神情专注，笑容满面，我可以深切感受到他们心花怒放。这样，学生阅读的积极性更高了，一周一节诵读课远远满足不了他们的需求，诵读就有了更多更灵活的时间和形式。

现在，电视台不是有“朗读者”节目吗？有的城市在街上还设置了“朗读亭”。我暗自想，三十年前我就搞过这样的活动了，当然，远不及如今的“高大上”哦！

逛书店

我常常带学生去逛书店。当然不是全班去，是三五个“小跟班”，人员也不固定。要知道，书店是书的集合所，文字的大天地。

学生走进书店，被书籍包围，仿佛置身于书的海洋里，受浓郁的文化气息感染。一个孩子，一旦有了逛书店的爱好，受到新书出版的诱惑，牵挂曾经翻阅过的那本书和书中人物的命运，那他就做了书的俘虏了，便欲罢不能。我带他们去的主要是学校附近的两家新华书店，偶尔也去逛逛文庙旧书市。书店，是许多学生爱上阅读的一个起点，一个媒介。我有个学生叫蒋宁，名字为“宁”，实际上一点不安静，是个淘气包。我把他带到书店是为了让他静心地翻翻书，读读书。我相信，书这个朋友，会改变他的坏习惯的。果然，逛了多次书店，他爱上看书了，有时一看就忘了时间，赖着不肯走。他家境贫寒，我除了借书给他读，还组织学生相互借阅，当然我也送给他不少的书。这个学生后来成了书迷，在工厂里一直做宣传工作，直至转行到上海《新闻报》当编辑。

阅读是影响学生长久的事，它并不一定跟学习成绩扯上关系，但童年和少年时的阅读可以为学生打下人生的底色，使他们有可能成长为一个正直、善良、有眼光、看到自己未来的人。叶志勤是我的另一个学生，退休前是公安局的一名干部。今年春节里，师生聚会，他拉住我的手说：“孙老师，还记得那时候我们逛书店吗？每次去书店，我都会买回一本书。我是看着这些书长大的，现在又传给儿孙读。我们这些同学现在还以书会友呢，一有好书，就在朋友圈里发布，到网上去买……”我不知道当初自己是有意栽树，还是无心插柳。听了他的话，欣慰和满足的热流涌上心头……

说评书

我教过的中小学生，大多喜欢读历史小说，尤其是男孩子。他们对《岳飞传》《隋唐演义》《太平天国》等这些历史故事很痴迷，有的能如数家珍，知道的甚至比我多。这大约跟我喜欢给他们讲故事有关。那时候，自己年纪轻，记性好，热情高。我经常学着评书艺人刘兰芳、单田芳的样子，将黑板擦在讲台上一拍："上回说到……欲知后事如何，且听下回分解！"我用说评书的方法讲故事，总能镇住他们。故事讲到一半，吊住他们的胃口，引诱他们去读原著。

有一年夏天，我带一班中学生在乡下劳动。下雨天，窝在仓库里无事可干，我就为学生说评书《太平天国》。我专讲石达开出走、杨秀清和韦昌辉内讧、天京陷落、清军屠城这些情节，学生们听得津津有味。"清军屠城"一段，学生被清军杀戮太平天国官兵和无辜百姓的暴行惊得目瞪口呆，女生们更是眼泪汪汪。我用小木板在桌子上一拍，对他们说："欲知太平天国，从金田起义到天朝建立，从洪秀全拜上帝会到李秀成带领残军坚持抗清，全部的故事都在书里。欲知详情，去读书吧！"后来，《太平天国》这本书，这班学生几乎全读过。

阅读，让学生更清晰更完整地了解、思考社会和世界，抵达他们的肉身无法抵达的一切地方。说评书，讲故事，只是激发和引导学生去读书的一种手段，一座桥梁。学生们自己去阅读了，他们的生命就多了一份自由，收获更多的智慧。这样的自由和智慧成本很低，却闪耀着高贵的光芒。

见面会

学生阅读课外书，光读是不够的，还要写。写读书笔记，写读书心得，与作者见面，通信。开读书会，出壁报，写新书介绍，模仿写作，编印小报，组织文学小组等，这些都是有益的读书活动。

儿童文学作家张秋生是我读师范时的同届同学，虽不在同一个班，但彼此熟悉。上世纪七十年代后期，他在上海少儿出版社工作，已出版了不少儿童诗和童话（现在的小学语文教材里收有他多篇作品）。我把他请到学校与学生见面。那天，学生们朗读张秋生的儿童诗，表演他的童话故事，张秋生则跟学生们讲自己读书和写作的故事，还为大家签名留念，现场气氛很热烈。见面会后许多学生和张秋生通信，有的还学着编写自己的童话。我曾经还请诗人阮章竞老先生来到学生中间。阮老先生朗诵自己的诗《洒满阳光的土地》给学生们听。那苍老却激情澎湃的声音，那珍珠美玉般优雅高贵的文字，深深吸引着孩子们。我望着他们，看到他们惊羡的目光，感动的神情，仿佛能听到他们剧烈的怦怦心跳。这以后，有些学生也喜欢上了诗歌，甚至学着写诗了。文学艺术，如春风育人，似春雨润泽，孩子们的心扬帆远航啦，从溪流出发，一路向前，冲过惊涛骇浪，驶向无边的人生海洋。

和学生一起读书的故事还有很多。阅读，确实是给孩子最好的礼物，它何尝不也是给我们自己的最好礼物呢？现在，年轻的老师们一定也在幸福地担当着这份礼物的馈赠者吧，这可是比手机里的红包宝贵得多呢！

我的眼里有个你

田晨是我熟识的一位年轻老师。有一次，她和几位老师约我聚会，席间，她给我讲了如下的一些小故事。

有一天上课，我发现一个学生老是趴着，读书一点精神也没有。我走到他跟前，轻轻敲了敲桌子，提醒他。他抬头看了我一眼，挺直了身体，我满意地走开了。可一会儿，他又故态复萌，我递给他一个责备的眼神。放学后，孩子的奶奶来接他，心疼地告诉我，孩子昨夜高烧不退，早上连饭也吃不下，可硬坚持着要来上学。我低头一看，孩子的脸色苍白，双唇干裂。我摸摸他的额头，烫烫的。我怎么一整天都没发现呢？我有一些自责。可转念一想，我又不是善于望闻问切的医生，工作又这么忙，哪顾得过来呢！如此，也就释然了。

那是我刚工作不久的事，现在想想，真的很惭愧。

教师的眼睛里要有学生，而且要有所有的学生。这是您一直跟我们说的，可要做到真不容易。倒是天真可爱的学生常常用他们纯真、质朴的行为无形之中感染着我，使我在甜蜜幸福之中学会反思自己，一点点完善、成长起来。

有一次，我偶感风寒，在授课时实在控制不住，咳嗽了几声：嗓子干涩，声音嘶哑。下课后，一个小女孩跑过来，问："老师，你感冒啦！"不一会儿，围上来许多学生，有的给我送上印有卡通图案的面纸，有的对我说："老师，快去看医生，吃了药就好了。"我的心暖洋洋的。可能是我太累了，晚上要带才十几个月大的女儿，睡不好觉。白天上班有忙不完的工作，我的病重了起来。当"十一"黄金周大家外出旅游、上街购物、尽享节日之乐时，我却病倒了，躺在惨白的病床上，呼吸着医院里无处不在的药水味，凝视着输液管里缓缓滴落的药水。住院七日，当我过了节日回到教室的时候，孩子们全围过来了。我很奇怪，他们怎会知道我生病住院的呢？他们纷纷关切地问："田老师，您身体好些了吗？"班上那个最顽皮的男孩还搬来把椅子，要我坐着上课。孩子们真诚的眼神温暖了我的心。我知道，他们的眼里有我这个老师啊！

最让我心醉的是这样一件事。那是一个冬日。第二节下课了，要做课间操。我站在教室门口，等学生出来排队上操场。

这天格外冷，走廊里寒风飕飕，我缩着脖子，两手抱在胸前取暖。各班学生都陆续走出教室，楼道渐渐拥挤起来。我催促着还待在教室里的学生赶快出来站队。这时，忽然有一双热乎乎、软绵绵的小手握起我冰冷的大手，夹在两只小手中暖着。我一看，是林莹，她正笑眯眯地望着我，露出两排整齐雪白的牙齿。我也还她一个感激的微笑。突然，紧挨着林莹的另一个女孩轻轻地从林莹的手中抓过我的手捧着，在我的手背上不住地哈气。她一双水灵灵的眼睛笑成了月牙儿。我的心醉了，一股暖流迅速传遍全身。我不由得捧起她可爱的灿烂的小脸，轻轻地吻了一下她的额头，说："谢谢你！"周围的孩子都笑了。很快，我——一只幸福的大鸟，领着一群欢快的小鸟，飞向操场

教书几年了，曾经无数次地感受过学生的眼睛里有我。擦黑板后，孩子们为我吹去头发上的粉笔灰；本子掉在地上了，孩子们抢着帮我整理本子；阳光体育时，孩子们邀我一起跳绳；节日里，讲台上放着一张张自制的贺卡；春秋游，孩子们拉着我一块儿拍照；我偶尔半天不在学校，他们会追着问个究竟……我在教室后面的墙上设置了一面"说话墙"，让孩子们有什么心里话可以写在小纸片上，贴上"说话墙"。这以后，总可以看到一张张可爱的小纸片飞上了墙，诉说着他们的心里话："老师，我昨天作业没完成，惹您生气了，请原谅。""老师，您上课表扬我了，我心里可高兴啦！""老师，能让我们看看您可爱的小宝宝的照片吗？"这一张张小纸片、一句句真诚的话语，连接着我与学生的心。听他们唱着歌，"我的眼睛里有个你，你的眼睛里有个我……"，听着听着，心中思忖：我在每个孩子的眼睛里，而我的眼睛里有他们了吗？有他们每一个人吗？

当了几年教师，天天与天真无邪的孩子接触，我的心也变得天真起来，纯净起来。我们这一代人，大多是独生子女，享受惯了亲人们对自己的关心和爱护，不怎么懂得去关心爱护别人。几年工作

的实践，使我渐渐学会了去关爱学生，又从关爱学生渐渐关心周围的人。这是教师这个职业和学生们给予我的最珍贵的人生礼物。我越来越喜欢自己的工作了，虽然很忙很辛苦，但很快乐。这种快乐是圈外人永远无法体会到的。我和学生之间以心换心，以爱换爱，播撒爱的种子，收获爱的花朵，生命变得更年轻，人格变得更高尚，人生的路更温馨，更精彩，更有意义。

听了小田老师的故事，我很感动，也想得很多。我们的学校，特别是实施基础教育的学校，传授的绝不仅仅是知识和能力，更重要的是人格修养、道德规范、爱国情怀和健康丰美的情操。在这些方面，教师的作用怎么强调都不过分。不要小看了教师眼中有学生。学校无小事，眼中始终有学生的教师，其人格的力量足以使学生亲其师而信其言，信其言而从其行，从其行而终成果。教师眼中有学生，教育就春风化雨，温暖如春；教育就步步为营，循循善诱；教育就贴近实际，尊重个性。教育之树，才会生机勃发；教育之花，才会绚丽璀璨；辛勤园丁，也会茁壮成长。

风雨潇潇

“五一”前夕，我有事到嘉兴小住，原想在“五一”当日回沪，不料这天下午狂风大作，暴雨如注。天公留客，我只得仍在旅店夜宿。

天灰蒙蒙的，乌云堆积得满天都是，压抑得喘不过气来。雷声轰鸣，闪电把天幕劈得四分五裂。风呼呼，雨哗哗，仿佛要吞噬整个世界。繁春季节，忽有如此风雨，甚是惊诧。

我倚在窗旁，看着满天飘洒的雨，情绪不知缘由地触动。咆哮的风雨，犹在黯然神伤，纵情宣泄，深深浅浅、远远近近地遍布每个角落。窗外平台上溅起大大小小的水泡，宛如一朵朵白花，时而饱满，时而瞬间破裂，幻影一般。天地黝黑，楼房屋宇点起的灯忽明忽暗。雨夹着风，无情地拍打玻璃窗，我真担心下一刻窗户会不会化作碎片，狼藉一地。窗外可怜的柳树受到风雨的鞭打，身姿扭曲，无力地摇晃，而水顺着枝叶成串儿地流下，似在倾诉着树的无奈和心酸。

春雨本是多情的，缠缠绵绵。古人说“小楼一夜听春雨”，“枕前梦共阶前雨，隔个窗儿睡到明”。可今夜这雨，却是迥异，实在太大了，闹腾了一个晚上，令我难以入眠。仰卧床榻，眼前朦胧，我的思绪就像风雨中的凌燕，忧伤地振翅，低回低回，盘旋盘旋，不断地飞翔……

岁月变换，时光流逝，人生百年，总会有风雨汹涌。迷蒙中，我似乎看见屈原自沅水湘江走来，顶着凄风苦雨，吟唱着：“浩荡的沅水湘江呵，咕咕地翻波涌浪。……世人皆醉啊我独醒，世间混浊啊我清白……这世上哪儿没有芳草……”

苏武擎着旌节也蹒跚而来了。北海茫茫，莽草连天。天空风卷残云，淫雨霏霏。他仰望远方，那里有他的故国和家乡。

林间沙路上的苏轼也走来了，他倚着竹杖，穿着草鞋，徜徉在雨中，感叹一生遭遇的风雨烟波……

他们都像是我的故旧，一个个在这风雨之夜，在我迷蒙的眼前闪过。风里雨里，他们无畏地一路走去，留下了生前身后的高风亮节。

风雨还在肆虐，敲打着窗户发出砰砰声响。我的思绪，如风雨中的燕子，还在飞翔……

我似乎听见不甘在失明中沉沦的海伦·凯勒的希冀：“假如给我三天光明。”我似乎听见倔强的简·爱在对罗切斯特说：“你不应该认为贫穷是一种罪过……”我似乎听见张海迪的誓言在我耳边回响：“我要创造轮椅上的新生的海迪！”风声雨声和耳畔响着的这些不甘命运摆布的呐喊混在一起，叩击着我的心房，令我震惊，令我明朗。每个人的一生总有一段路程会遇到风雨，妥协是一辈子，坚强也是一辈子，命运和前程就看你自己的选择——前行还是退却？

清晨，风雨终于停止了，天空明亮起来。我打开窗，清新的凉风吹进来，淡淡的绿草味沁我心脾。柳树宛若新生，随风摇曳婀娜的身姿，像淡妆的姑娘风韵素雅。那一朵朵、一丛丛鲜艳的花儿繁盛地挤着，散发出彩色的光晕。垂柳依依，娇花点点，蓝天朗朗，轻风徐徐。我惊喜，一夜风雨之后，春天又回来了。

我们是凡夫俗人，比不上屈原、苏武和苏轼；我们生活在当代，没有遭遇简·爱那样的境况；我们很幸运，远离了海伦、海迪那样的苦难。但人生时雨时晴，万象无常，生活没有定数。谁都要持着一颗淡然、乐观、豁达的心前行。天晴，我们享受一帘明媚的阳光；天雨，我们驻足观赏，并风雨兼程。城市的发展如此快速，生活的节奏如此紧张，物质的诱惑如此强烈，我们别在其中迷失了自己。我常常憧憬着——我要在家门前砌个小花园，精心种满向阳的葵花，开垦一畦菜地，搭建一间小木屋，涂上浅蓝色的油漆。我要养一群雪白的羊，一头牛，一群愉悦的小鸡。我要坐在秋千上，温一杯热茶，看着花儿开放，留下一园幽香。我要赤着脚在菜地上撒籽、浇水、施肥，期待一场苍翠葱茏的盛放。这一切如能实现该有多好！我相信，风雨虽有但美好永在。热爱生活，心态淡定，即使不完美的世界，也可以火树银花，如梦如幻，一如这一夜的风雨潇潇。

古琴台和杜鹃花

农历四月，正是繁春季节，我和友人一起游览汉阳著名的文化古迹——古琴台。古琴台坐落在美丽的龟山脚下，碧波荡漾的月湖之滨。它始建于北宋，重建于清嘉庆年间，按始建算起，距今已一千多年。岁月悠悠，如江河奔流不息，俞伯牙和钟子期知音知交的传奇故事千古流传。我们到此一游，发思古之幽情，抒抚今之感慨，娱琴瑟古韵之乐趣，受文化艺术之熏染，欣喜之心，无不快哉！

古琴台殿堂高耸，庭院深深，古树参天，一座座大小不一、形态各异的花坛散布各处，花团锦簇，景色秀丽，幽静宜人。伯牙和子期的塑像屹立于殿堂右侧，以蓝天为衬，与湖景相映，在湖光山色、疏林繁花之中，显得巍峨高峻又风流高雅。传说中的俞伯牙抚琴处如今是一个汉白玉的方形平台，北宋大书法家米芾所书“琴台”二字的碑石立于平台之上，供人瞻仰和拍照留念。

古琴台最引人注目之处是殿堂门前和伯牙抚琴石像旁的两副楹联。我念着“清风明月本无价，流水高山自有情”的楹句，脑中浮现出伯牙和子期互为知音的美丽传说：伯牙鼓琴，钟子期听之。方鼓琴而志在高山，钟子期曰：“善哉乎鼓琴！巍巍乎若泰山。”少选之间，而志在流水，钟子期曰：“善哉乎鼓琴！洋洋乎若江河。”钟子期死，伯牙破琴绝弦，终身不复鼓琴，以为世无足复为鼓琴者。琴虽无言，而两人的心是相通的，所以子期才懂得伯牙的琴语，两人成为相互默契、相互理解的知音。伯牙遵守两人暂别时的约定，一年后如约前来会面，不料子期已死。伯牙悲痛至极，摔琴断弦，终身不再鼓琴，可见他对友情的忠贞不渝，令人扼腕叹息。一曲古韵《高山流水》流传至今，在中国的文化史上留下了浓墨重彩、可歌可泣的一页。

友谊和知音是人生常遇的课题。这世间知音难觅。古诗云：“叹良金美玉何人晓，恨高山流水知音少。”俞、钟二人生死知音的故事引发了人们深深的思考。古琴台另一副楹联“寄语鼓琴人，问当年流水高山，谁为识者；吟诗题壁客，喜此际江洲芳草，也解知音”，讲述了清代才子宋湘竹叶蘸墨题壁诗的故事。宋湘诗书双绝。他七十八岁时因眷恋琴台，不顾年迈体弱，重来一游，感慨万千，兴之所至，乃挥毫作诗。因临时无笔，故束竹叶蘸墨题壁：“噫嘻乎，伯牙之琴何以忽在高山之高，忽在流水之深？不传此曲愁人心！噫嘻乎，子期知音何以知在高山之高，知在流水之深？古无文字直至今。是耶？非耶？相逢在此，万古高山，千秋流水。”这首题壁诗如今镌刻在古琴台的碑壁上，读之发人深省。

古琴台是个文化内涵极为丰富的所在，具有广阔深远的艺术境界，在国内文化古迹中独一无二。我看到，许多习琴者肩背乐器来这儿“朝圣”和“膜拜”，于塑像前奏琴一曲，悠扬的琴声不绝于耳。更有许多游客在这里摄影留念，流连忘返。“风沼余灰此处埋，空留雅韵筑琴台。胸无锦绣何当死，世有知交不用媒。”一座千年琴台，写尽了人间美好的情谊，道出了普通百姓和文化人同样的音乐才能和审美鉴赏的情怀。

古琴台里植有不少观赏花木，杜鹃花是其中之一。琴台管理者精心设计，在殿堂门前和人物雕塑两旁各放置了两大盆烂漫的白色和丹红色杜鹃花，一盆名为“洁白夏鹃”，一盆名叫“赤诚之花”。时值暮春将至，杜鹃花开。据说此时正是杜鹃鸟欢飞啼鸣之时，“一声杜宇啼春风，明朝绯挂千山丛”。唐诗云：“烟云凝艳万山丛，胜似朝霞比彩虹。遥想蜀君求醒世，舍身啼血映山红。”说的是杜鹃鸟月夜啼鸣而咯血，染红遍山花朵，杜鹃花因而得名。我看那盆中的杜鹃花瓣舒展，透薄如纸，白的若雪，丹红似绸，艳若云霞，一盆之中似有千百朵，见花不见叶，簇簇拥拥，热热闹闹，美不胜收。

琴台管理人员为何在这两边放置盛开的杜鹃花呢？这当然是有用意的。几年前我曾到过安徽寿县，那里在春秋战国时曾是楚、齐之地，出过名相鲍叔牙和管仲。《史记·管晏列传》中记载的鲍叔牙真心待友的故事就发生在这里。寿县考古文物博物馆的院子里也栽有不少的杜鹃花，以紫色和青莲色为主，象征着鲍叔牙和管仲之间真诚的友谊和甘为朋友作出牺牲的高尚情操。那一次我步入博物馆，在鲍叔牙的画像前伫立良久，深为他在管仲蒙难时冒死举荐的行为所感动。管仲后来被齐桓公任命为上卿，改革图治，使国力大增。鲍叔牙不愧是管仲的知音，其大节大义，传为千古佳话。

古琴台和寿县相距甚远，为什么不约而同地青睐杜鹃花呢？

原来，每一种名贵的花卉都有独特的花语。这些花语是栽花人、诗人、散文家和花卉研究的专家共同提炼出来的。他们根据花的生长特点、习性、产地和传说故事，以精练的诗一般的语言赋予花以精神和品格，揭示其人文内涵，于是，花就有了另一种意义上的生命，成为了某种意义的象征。杜鹃的花语十分美好：爱的快乐、清白、忠诚、奔放。其中纯白的杜鹃清丽脱俗、高雅；丹红的杜鹃友爱、赤诚。在古琴台放置盆栽的杜鹃花象征着俞伯牙和钟子期知音知交情谊的美好和彼此的忠贞，彰显他们这段友情佳话的深沉含义，引发人们欣赏艺术的美和人性的善。传说杜鹃花由杜鹃鸟滴血所致，原有悲凉凄惨的色彩。可就像神话一样，想象可以如此之丰富，语言可以如此有魅力，花语打扮了杜鹃，褪去了原来的色彩，让它站在两位可敬的古人身旁，并非陪衬和点缀，它照亮了古人的灵魂。

古琴台不愧是“天下知音第一台”。

傍晚，我们驱车离开古琴台。夕阳西下，暮色苍茫，然晚霞绚丽，琴台的白墙黛瓦上似有金色的光芒在闪耀。

年少锦时

人老了喜欢忆旧，青葱岁月的时光常出现在脑海，往事像电影一样一幕幕闪过。年少时，那些曾一起玩、一起闹、一起哭喊、一起结伴同行的朋友如今在哪里呢？我们像是降落在各处的种子，各扎根于不同的土壤，生长成不一样的模样，散失在不一样的地方。时间是河，记忆是水，我从河里捞起来的都是思念。他们现在都好吗？我想他们，很想。

年少，真是好岁月，好时光。最好的，是有朋友。

十四岁时，我念初二，和同班的罗纪昌、李裕根是好朋友，上学在一起，放学在一起，形影不离，用今天的话来说，叫“铁哥们”。罗纪昌和我一样，喜欢看书，热爱文学。星期天，我们常一起去图书馆，坐上一整天，读各自喜欢的书。他对我可真好。有一次我生病请了两天假，他为我做了两天的课堂笔记，不光是语文，还有历史、政治。看到本子上那密密麻麻的字，我心里好感动，对着他笑。他也笑，眯着眼睛望着我，不说任何夸耀自己的话，好像那课堂笔记本就是他自己的事情。李裕根家里经济很困难，每年都申请减免学费，穿的衣服上补丁叠补丁。但他学习很好，数学总是班里第一。盛夏的时候，我们一起帮他卖棒冰（北方人叫冰棍）。他早上去把棒冰批来，放在木头箱子里，用棉絮裹住盖好。我们一人一个箱子，帆布带子肩上一搭，沉重的棒冰箱子背在身上，在四川北路“群众剧场”和“永安电影院”门口叫卖。“棒冰！棒冰！光明牌棒冰！赤豆的、橘子的、盐水的都有，三分钱一根！”木板敲得响响，吆喝声也响响，汗流浃背，口干舌燥。有时半天，有时一天，不卖完是不回家的。我们唯一的奖赏，就是吃一根棒冰。但我们乐此不疲，心甘情愿。看电影的观众，路过的行人，怎么也想不到这三个卖棒冰的少年是三个好朋友吧！朋友相帮，就像歌里唱的：“在这缤纷的世界，在这百花般众多的人群里，我们的心与心相照，话与话相契，手与手相牵……”

后来，渐渐长大，我们当然是各奔东西了。几年前我们聚过一次，我请他们吃冰激凌。三个人相拥相泣，翻来覆去说得最多的是当年一起卖棒冰的情景。“哈根达斯”吃在嘴里，哪有当年的棒冰甜呢？

年少，真是好岁月，好时光。最好的，是有朋友。

从童年到少年，我一直住在海宁路近山西北路的一条石库门弄堂里。弄堂边上是一个小小的街道图书馆，管理员是我小学时的一个同学，叫赵永生。他家里很穷，又生肺结核病，读了一年初中就辍学了。居委会照顾他家，让他管理这个图书馆，每月领取二十元钱微薄的薪酬。说是图书馆，其实只有一间房，书也不多，大多是旧书。我是那里的常客，一有空就去，有时还约罗纪昌一起去。赵永生年龄比我们大好几岁，生性孤僻，沉默寡言，只有我在时，他才会话多起来。有两年左右的光景吧，我在他那儿看了不少的书。赵永生是个书迷，他近水楼台先得月，天天在书海里泡着。别看他上学不多，却写得一手好字，懂得古诗词的韵律，会写古诗，会写文言文。我们是书友，常常交谈书中的故事、作家的生平和相关的人文掌故。他敬佩古代作家施耐庵、杜甫。他不相信有些书里的情节，比如卓娅只穿着单薄的衣裙被德国鬼子押着在冰天雪地里走。他说："这太夸张了，怎么可能呢，早就冻死了！"又比如他不相信"无脚飞将军"真有其人，认为没有双脚不可能开飞机，更别说打仗了。每逢这种时候，他苍白、消瘦的脸总是对着我，瞪大着那双无神的眼睛，大声地有劲地讲，还不断地咳嗽，不断地喝水。他讲的比我多，懂的也比我多。"好书悟后三更月，良友来时四座春。"当时的情景至今历历在目。当我不在的时候，他还是看书，练字，还有不停地咳嗽。可惜，后来他病死了。再后来，图书馆没有了，变成了街道医院的一部分，那些留着我和他的手温的书也不知道哪里去了。这个朋友的故去让我很悲伤，人生的无常也让我很害怕。在后来很长的一段时间里，我的心就像秋树，叶片无奈地飘落一地，只把寂寞挂在枝头。我感谢赵永生曾陪着我遨游书海，并让我知道，知识和才能的获得不是只有上学这一条路可走。天不假年。如果他无病无灾地活着，也许会凭借天赋和勤奋而成为人才的。

年少锦时，朋友相伴，是很值得珍惜的。某一部电影里有一句台词："今天你路过了谁，谁又失去了你。"这话让许多人唏嘘，我也是这样。不论是一直和我结伴同行的，还是渐行渐远的，都让我甜蜜和忧伤。

郑芳是我的同学、同桌和好友。我们两家住得很近，父母相互认识。我们是“发小”，她比我大三岁，我叫她“阿姐”。阿姐酷爱文艺，会唱越剧，喜欢唱歌，也爱看书，和我兴趣相投。阿姐长得好看，有一双清亮的大眼睛，笑起来脸颊上有一对可爱的酒窝。她是我家的常客，星期六下午总来我家做功课，我们还一起下棋、画画、唱歌。那年夏天，我们和同班同学一起骑自行车到马桥去玩，路上，我不慎连人带车跌进河里，阿姐着急害怕得大声地哭。事后她说，她真的吓坏了，感觉突然失重了一样。还有一次，我们学校合唱团的节目在电台录了音，领唱的是我。阿姐高兴得手舞足蹈，拉住我的手拼命地甩，还请我吃蟹壳黄（一种香脆的饼食）。她说：“你唱得真好，为学校争光啦！”那次，她回家去的时候，蹦蹦跳跳，马尾辫在黄昏里荡来荡去，我心里感动极了。我知道，在自己成功与得意的时候，像她这样能发自内心喜悦的朋友很难寻觅。

有人说我俩谈恋爱了，其实完全没有这回事。我只是她的“阿弟”。我们还是纯真的少年，是纯真的朋友。

我十七岁那年，父亲故去，那时我还在师范读书。家里突然失去了顶梁柱，一下子变得困难窘迫起来。受此打击，我忧心忡忡，一度萎靡不振。望着母亲终日以泪洗面、孤独无助的样子，我心中的愁苦、担忧和畏惧，不可言语。在这时候，是郑芳陪伴我，安慰我。她不是跟我一起流眼泪，一起唉声叹气，而是像大姐姐一样开导和鼓励我：“你还有一年就毕业了，工作后就可以养家。家里的担子只有你去挑起来，一切都会好的。别一天到晚愁眉苦脸的，开心点！”她还是常来我家，常安慰和陪伴我母亲，还是笑嘻嘻乐呵呵地甩着她的马尾辫，和我走进走出。

我真庆幸有这样的“发小”，有这样的朋友。我深切地体会到“不离不弃”这个词有着怎样丰富的内容和分量。

后来，我们有了自己的事业，各自的家庭，各自新的朋友，在不知不觉中就联系少了，渐渐疏远。再后来，她举家迁去宁波。她乘船离沪的那天我去送行，她笑着和我握别。我们双手紧紧地拉着，让惜别的感觉在手中轻轻撩过，让不舍紧紧埋在心头……掐指算来，我和芳姐已有二十多年未见了。她一定和我一样，老了，但心肯定还年轻。她那么开朗快乐，那么热爱文艺热爱生活，岁月可以消磨她的外表，但精神和活力是消磨不了的。我俩年少时一起有过的亲密，让我相信这个世界的美好和善意。不论男女，拥有和失去，爱情和友情，都让人幸福，都是年少锦时所得到的珍贵的礼品。

我要谢谢年少时的许多朋友，也谢谢现在结识的以及未来可能有幸结识的朋友，不论男女，不分老少。也许我们会相携老去，也许我们会曲终人散，始终同行的还是终于别离的，都要感谢。因为你们曾肯为我留下了全部的或一部分的岁月，也肯收下我平凡的年华，我心中只有感动、感激和快乐。我现在虽然老了，但心中还亮着阳光，笑容里还透着开朗，那是因为我模仿了你们的模样啊！

年少锦时，但愿每个人的一生都这样美好。

夏的锦书

静心度夏

以前我住在海宁路石库门房子里，每每夏天一露头就速速忙起来：支蚊帐，铺凉席，座椅铺上凉沁沁的竹垫子。绿豆冰糖莲子心，绿茶蚊香花露水，消暑的东西一股脑儿往家搬。人呢，穿上又薄又凉又吸汗的衣裳。至此，度夏的心情总算稳妥下来。不过晚上睡觉还是难得安宁，只有大蒲扇，电扇是后来才有的，热得睡不着，躺过的地方一摊汗。

后来居住条件改善了，人也渐渐大了老了。红日当头的天，除了工作，无必要的应酬，能推就推了吧。安心地在家里，看看书，听点音乐，跟家人聊这聊那。案头上栀子花香，一波一波芳馥如雪，香到人心里，也凉到人心里。学学古人，让心闲下来。白居易写《消暑》："何以消烦暑，端坐一院中。眼前无长物，窗下有清风。散热由心静，凉生为室空。"李白呢，会把自己脱个精光，钻入林中："懒摇白羽扇，裸袒青林中。脱巾挂石壁，露顶洒松风。"

我们如今的夏天，有比古人丰富得多的物质。空调开到26摄氏度，徐徐凉风里，斟一杯绿茶，和家人或好友相对而坐，说话也好，不说话也好，喝着就好。杯中绿茶，会勾起遐想。远山叠翠，泉水洗岩。林风，被染绿；野花，飘零水中。杯中的茶，跟那风，那泉，那翠，有几分神似，清冽，碧绿。缓缓呷一口，喉舌生津，身上渗些微汗，心情舒爽起来。夏日读书，文气山长水远，意蕴沉静，一颗颗的字，被作者们调遣得像凉凉的月光旧梦，纷扬飘来。那些唐诗宋词呢，也都是有凉意的，凉凉的失意，凉凉的相思，凉凉的羁旅……凉意冲淡了炎热，夏天的时光，便因着茶的绿，书的香，因着淡然安宁的心境，呈现出一点悠远。这有点小资是吗，但很迷人。

到小镇去走走

年事渐高，我对远程旅游已兴趣不大，而到城市周边的小镇去溜达倒兴致颇高。江南小镇，狭长老街，古朴旧宅，淳朴民风，承载着历史文化信息和时代的沧桑变迁，每去一次，都感慨良多。

有一次在浦东三林塘，我沿着老街走到尽头，拐弯后见到一家庭院，白墙黑门，门楣雕着飞龙走兽，墙角一树海棠开得正盛，三个包着蓝布头巾的老妇坐在门前聊天，膝下几只小鸡正叽叽觅食，好一派安详宁静的景象，令我有“别有天地非人间”之感。酷暑难当的夏日，挎一个包，携一壶茶，到小镇去走走，过过石桥，乘乘小船，虽骄阳似火，汗湿衣衫，但空气清新，蓝天白云，河水流淌，鹅鸭梳羽，农家篱笆上是伸枝展叶的蔬果，家犬懒洋洋伏在地上。你跨进一家小店，吃一餐农家饭或品尝一份特色点心。此情此景，会令你心情愉悦，燥热的身心也舒爽起来。稍远一点的，到浙江绍兴的小镇逛逛，尤其是东浦，那是南宋诗人陆游的故乡。东浦是个水乡，屋前屋后都有河道。这里酒作坊特别多，酒楼有四五十家，但见酒旗招展，酒客满座，觥筹交错，满街佳酿飘香。东浦酒是绍酒中的珍品，用鉴湖水和浙东糯米手工酿造而成。店家从冰箱中取出酒来。你放入冰块，入口凉爽收汗，满口留香，真是难得的享受。

有一年盛夏，我专程到角直去瞻仰叶圣陶墓。角直是叶老的第二故乡，这里河多，桥多，巷多。小镇有一条条狭窄的石子街，两旁是古老的小楼或瓦房，粉墙黛瓦，屋脊起翘，鳞次栉比，隔窗相望。这里有高雅艺术博物馆，有千年古刹保圣寺，有叶老名作《多收了三五斗》中所写的万盛米行。我乘坐小舟，听船娘讲小镇的逸闻掌故，感受这千年小镇的神秘和曾经的辉煌。

夏日游小镇，徜徉于江南水乡，寻找清凉养性之地，品味悠悠民俗风情，是一种梦境，一次洗涤心灵之旅。

朋友，我们结伴去小镇一游，如何？

游泳去

听说虹口游泳池重新开放了，真想再去一游。学生时代，虹口游泳池是我们暑假里经常的去处。那时候，年少气盛，不在乎中午烈日灼烤，常常是午饭后就去泡在水里，连游两场。从泳池出来，一根冰棍，化在嘴里，凉进心田。整个夏天，皮肤晒得黝黑，甚至脱皮。

我喜欢游泳，中学时就学会了蛙泳与仰泳，唯有自由泳游不好，只能“狗爬式”地划行。游过的地方可多了，最多的是市内的泳池。在古田中学工作的时候，夏令季节几乎天天到闸北游泳池去。我们还到浦东小川沙游泳，那是在长江水中。我们会游出去上百米，然后在潮来之前返回。在岸边，我们摸螺蛳，摸黄蚬，一脸盆一脸盆地往岸上送。我们瞒着工宣队，到农民家中讨点盐和酱油烧煮，痛快地吃。厦门鼓浪屿、青岛海滨、温州乐清的瓯江，我也游过，虽距离不长，姿势也无甚好看，但在水中扑腾扑腾，劈波斩浪，蓝天白云之下，碧水浊浪之中，尽情放松，自觉其乐融融。

六十七岁那年，我随百老讲师团到奉贤“碧海金沙”游玩，蔚蓝的海水，金黄的沙滩一下子吸引了我，激起下海一游的冲动，于是和几位同样有兴趣的老同志兴致勃勃投入大海的怀抱。呵，大海无垠！我头枕海水，与浪花亲吻，任海风拂面，极目蓝天，真切地觉得自己确是沧海之一粟。我在大海中，忘乎了自我，幸哉，快哉！这是我平生最后一次游泳。往事如烟，皆成记忆。

年轻人会有许多爱好。有的人自命“吃货”，有的人乐当“驴友”，有的人乐作“自拍狂”或“追星族”。生活原是丰富多彩的呀，游泳是多么美妙的事情！趁着年轻，游泳去，“曾记否，到中游击水，浪遏飞舟”。有一年，和永兴二小的教师一起到牡丹江玩。在牡丹江水库，四十多岁的女教师陈真真，站在高高的岩石上，如凌燕展翅，似弯弓射矢，跃入水中，那是我从未见过的娇美，简直梦幻一般。年轻的老师们，游泳去，亲近水，亲近自然，锻炼体魄，锤炼意志，陶冶性情，还我青春的本色！

仰望星空

赤日炎炎，家孵空调，最好的享受是读书。

中华五千年，文学家灿若星辰，我最喜欢的是苏东坡、李白、老舍和林语堂。他们的诗文，以自然景物和社会生活为依靠，倾尽心血状摹人生。在他们的笔下，自然的感怀是永远不会老的，浪漫的情调也永远不变。以苏东坡来说吧，他多才多艺，既是诗人、画家，又是书法家、佛学家，有广博的知识，有高度的智力，有天真烂漫的赤子之心。从他的笔端，我们能听到人类情感之弦的振动，有喜悦，有忧伤，有梦幻的觉醒，有顺从的忍受。这些，是文学史上其他人所不能望其项背的。

读优秀文学家和其他作家、政论家的作品，是一种精神的享受，但读书却是有讲究的。

读书，是低头阅览，心灵都是“朝圣”。你读鲁迅杂文的时候，一定为老夫子“横眉冷对千夫指，俯首甘为孺子牛”的精神所感动；你读闻一多诗歌的时候，站在你面前的是具有民族气节的铮铮铁骨；你读陈忠实小说《白鹿原》的时候，一定会联想到他为了写出这部黄土高原上我们民族的秘史而闭门写作几年的惊人之举……作家，是我们的朋友，也是我们心中的圣人。读书，是低头阅览，思想却要“探究”。读书的真谛在于思。“学而不思则罔，思而不学则殆”。一个人从书中发现什么，并不在书的本身，而在读书人自己的思考。我正在读历史学家黄仁宇的《关系千万重》，他悠悠出入于历史的边缘和侧后，为我们剖析人世间种种的因果关系。读这本书促使我思考：社会良性关系的重建到底是由什么来决定的？作者说的“二十一世纪中国的前途将部分由周边国家决定”是否真有道理？“尽信书不如无书”。读古人的书也是这样，经典也不是无懈可击的，读书不能陷入盲目和被动之中。

读书，是低头阅览，精神却在“洗礼”。我们的社会尚有昏暗的角落，我们的身上还有太多的世俗。真的读书，书中的真善美会走出来，走进我们的心里，引着我们去剔除世俗的污泥浊水，唤醒我们的良知和智慧，告别浑浑噩噩的人生。

读书不只是仰慕苏东坡、李白、老舍、林语堂等创作之神，而是仰望星空。

在这灼热的夏天，让我们读书吧，向文化巨人朝圣，向高尚思想朝圣，探究人生真谛，洗涤精神灵魂，做一个仰望星空之人。

血性与忠诚

男儿要有担当，有血性，军人尤甚。大敌当前，在国家和人民的安危悬于一线之时，男儿应首当其冲，义无反顾，慷慨赴义。“一不怕苦，二不怕死”“冲锋陷阵，刺刀见红，血溅沙场”“逢山开路，遇水架桥”“人在阵地在，为了胜利，向我开炮”，这些都是血性的写照。近日，中央军委向战斗英雄麦贤得等颁授八一勋章。麦贤得这个名字，我们这个年纪的人都记忆犹新。在五十多年前的海战中，他身负重伤，脑浆都流了出来，但他置生命于度外，舍身排险，保证了战斗的胜利，高扬起一面中国海军战士血性战斗的旗帜，可歌可泣。

血性来源于忠诚。对党和人民绝对忠诚，对祖国绝对忠诚，是他们在残酷的对敌斗争中、在反恐救灾斗争中有血性表现的根本动力，无数像麦贤得这样的英雄人物是他们的杰出代表。他们的血性不为个人，不为名利，只为人民。为祖国而战，为人民献身。“相看白刃血纷纷，死节从来岂顾勋。”

忠诚，包含信念，理想，意志，精神，还有正义感。中国的军人，理想信念和一切听党指挥是他们的魂，为理想信念而献身是他们人生的价值。战争胜负的决定因素是人。有了这样一支忠诚的军队，有了千万这样忠诚的战士，有什么力量不可战胜？他们年纪虽轻，却是中国人的精英，中国的脊梁。他们组成了我们伟大祖国的钢铁长城！

血性不只是军人独有的。在人民利益受到侵害的危急关头，我们七尺男儿都应该见义勇为，挺身而出。面对某些人对党和领袖、对革命历史和英雄人物恶意攻击的时候，我们每个人都应该拍案而起，予以怒斥。反之，何言血性？何言忠诚？就教育而言，现在有些人别有用心，肆意诋毁教育改革，污蔑广大教师，说什么“中国的教育和中国足球一样没有希望”“大多数教师都是上课留一手，下课有偿补课”“我对中国教育不相信”，胡言乱语，不一而足。对此，每一个忠诚于人民教育事业的人，都应当有自己鲜明的态度。

值此建军纪念日，谨以此文向忠诚的有血性的人民子弟兵致敬。七尺男儿，在自己忠诚的旗帜上写着两个大字：血性！

牵挂

我的岳母九十五岁了，风烛残年，曾经多次进医院急救，每次都和死神擦肩而过。阎王慈悲，留她在人间享受天伦之乐。今年上海的夏天太热，家里实在照顾不过来，于是把她送进养老院，暂避难耐的酷暑。

这是家民办养老院，二、三层有空调，四层只有电扇，且床位紧张。我们总算幸运，见缝插针，进了空调房。

窗外骄阳亮得刺眼，蝉叫让人心烦，天地间像个大蒸笼。室内倒是另一天地，空调送爽，凉风习习，蛮舒服的。可老太太总念叨着回家，不论我们谁去探望，她都不断地说“回家，回家”，好像她只会说这句话。我们知道，她牵挂着儿子媳妇的饮食起居。躺在家里，她可以亲眼看见，在这儿，她看不见，心不安。这种对儿女铭心的牵挂，在一个老人的心里，几乎占据着全部。

“牵挂”这个词是写心理的，心里有事牵连着，记挂着，放不下，理还乱。当年我在古田中学教书时，正逢知识青年上山下乡。我有个学生叫丁云珠，她从黑龙江生产建设兵团给我来信说：“我背着铺盖卷走了，年迈的奶奶站在门口送我，她倚着门，眼泪汪汪，不停地挥手。我一步三回头，心中好像有根线连着我与她。我越走越远，线越来越长，越来越长，扯不断……”牵挂，是人间常情，却是最令人感动，让人流泪的情感啊！

昨天我去探望岳母，听说了一件发生在这家养老院的事。四楼住着一个老人。儿子为了打理自己的生意难得来探望父亲。就在前天，老人突患重症，卧床不起。儿子接到通知，匆忙赶来。老人见了儿子脸上露出一丝笑容。“爸爸，儿子不孝。现在，你要我为你做点什么？”“儿啊，你省下点钱，在这个养老院里安装一些空调吧。”儿子异常吃惊：“爸爸，你在这儿待了那么久，没有空调你都能对付。现在你要我装空调，这是为什么呀？”老人是这么回答儿子的：“我是能对付。我担心的是你！我知道你最怕热，等到将来你的孩子把你送到这儿来的时候，如果没有空调你肯定受不了。”医护人员是含着泪跟我说这件事的。

我特地上楼去看这位老人，可惜铺位空着，他病危，已经转到医院去了。

我的心受到极大的震撼，我感到了“牵挂”这两个字的沉重和热量。天下做儿女的都应当跟我一起想一想：当父母把全部的牵挂交给我们的时候，我们是否也把同样的牵挂给了他们呢？

先哲孟子曾说：“大孝终身慕父母。”人生是一本书，父母的牵挂是书中一页，教你学会无私，学会付出，学会在自己的心田里种下仁爱的种子，关爱家人，关爱同伴，关爱学生，关爱身处的社会和一切你可以帮助的人……

当我们真正懂得了牵挂的时候，我想，我们的父母，不论健在还是已到天国，他们都会欣慰地笑的——那是天下最美的笑容。

风雅

中国文人讲究风雅，这是他们自身修养的表现，是对美好事物的追求，也是他们一种自觉的生活方式。

古时候，文人风雅无数。比如说赠梅。梅花本无言，但它清香淡雅，春之使者，于是成了文人之间互赠的礼物，用梅花表示自己在感情上的专一如故。又比如赠柳。朋友分离，送行者总要折一支柳条赠予远行者。张九龄诗云："一枝何足贵，怜是故园春。近景哪能久，芳菲不及新。"表达一种怜春惜春般的友情。现代文人亦如此。巴金晚年，对好友冰心的问候，是小诗一笺。曹禺赠友人孙犁莲心一包，意为知心。

文人们崇尚的是君子之交淡如水的信条，他们谦谦君子，高雅脱俗，但情真意切。这是中国文人乃至中国文化的传统。而在个人生活方面，讲究雅好，则从另一个侧面表现他们的道德情操和品质修养。

女作家谢冰心，不光喜欢写作，还喜爱玫瑰，常用它馈赠亲友。老舍是养花能手，又是京剧票友，还喜欢绘画和篆刻。钱钟书和夫人杨绛，一生淡泊名利。国外出版商有次要结算他们的稿酬，老两口不取现金，而是开出一大串书名，要求对方以实物支付。有人说他们傻，钱钟书莞尔一笑，说："我都姓了一辈子钱，难道还缺钱不成？"这真是雅得从容，雅得有品位。

即使在逆境之中，文人们也秉性不改，风雅如故。知道木心吗？他是集作家、诗人、画家、音乐家于一身的文化名人，他作词作曲的《从前慢》曾经广为传唱。木心在"文化大革命"中被批斗入狱。在污水横肆的地牢里，他白天挨审挨斗，晚上他照样整理破衣烂衫，脸洗得干干净净。他还动手把自己的烂鞋弄成尖头鞋型，高兴地欣赏着："白天我是奴隶，晚上我是王子！"平反出狱后，他不像有些人那样身子佝偻，神情沮丧，而是衣冠齐整，头发梳得一丝不乱，风流倜傥，儒雅如前。

千万别以为这些只是中国文人生活的情趣，更是待人接物的礼貌和斯文的外表。他们中的大多数学富五车，才高八斗，却虚怀若谷，不事张扬，低调处事。他们有强烈的民族自尊心，有独立的人格，不趋炎，不附势，不随波逐流，有深刻的思想。读过陆游的诗《示儿》吧，"王师北定中原日，家祭无忘告乃翁"，忧国忧民的情怀表露其中。知道古诗名句"一片冰心在玉壶"吧，冰心老人的笔名源出于此。更可贵的是，他们总是不遗余力地扶持和提携青年，寄希望于未来。最近读台湾作家林清玄的《清欢玄想》，他说："希望我抒写的……唤起年轻人心中的彩虹。"读之，很是感动。

岁月如诗，风雅如花。中国文人的风雅人生是留给我们的精神财富。我想，当今社会，各种利益关系错综复杂，物欲横流，传统不再，致使道德缺失，人情冷漠，素质低下的现象频生，令人堪忧。继承和发扬中国文化的优良传统实在是刻不容缓之事。如此，追求风雅的古今文人，我们当以先生尊之。

先生在上，弟子仰慕，求赐金诲，片语提撕，吾等当铭记践行，以期旷可发蒙矣。叩拜！

“教师的幸福”小议

幸福，是个诱人的字眼。年轻人对幸福特别向往。其实，幸福只是一种心理感觉，一种情绪状态。内心平安，自由自在，感觉充实闲适，没有内在的紧张和焦虑，与甜蜜相伴，这就是幸福。当我们敞开心灵去感受，幸福无处不在。

当教师幸福吗？我感觉幸福。我半个多世纪的教师生涯，自身精神与文化的收获不说，光是培养的学生，何止千百！他们中，有许多人曾经是各个时期的社会中坚。陶行知曾说，教师的成功是创造出值得自己崇拜的人。此话至臻。当然，这都是我以前的事了，如今不值一提。

教师的幸福主要是精神层面的东西，学生的道德成长和学业进步是教师生命意义的确证。师生之间在课业授受和道德人生上的精神交流，可以使我们感到，人生被浓浓的诗意所包围。

但，现今教师幸福的获得似比我们那时候要难得多。

我的钥匙圈上有一个小挂件：一个小学生，紧锁眉头，戴着副大框近视眼镜，弯腰弓背，驮着一个偌大的书包。这个挂件的用意不言自明。现在我看这个挂件，越看越觉得它也像我们教师，背负着沉重的压力蠕蠕而行。现在的教师不好当，各种各样的压力四面八方而来，压力之大如巍巍之山，何止千钧之重！在这个世界上，可能中国中小学教师是工作最繁忙、最庞杂的了。这还不算。不知从何时起，社会上出现了一个新名词叫“师腐”，有人把个别教师的不良行径放大到整个教师队伍，把无德无良的脏水泼向广大教师。我们的老师是在顶着非议，憋着冤屈，凭着良心在工作，犹如鲁迅所说，肩顶着沉重的闸门，放学生向着光明走去。在这样的情况下，要想获得幸福，教师必须要有定力：对职业的敬畏，对学生的挚爱，有梦想和追求，变压力为动力，在社会的嘈杂和喧嚣之中杀出一条路来。有一则克雷洛夫寓言。一群青蛙进行了一场攀爬比赛，比赛的终点是一座铁塔的塔顶。一大群青蛙围着看。它们都不相信这一些参赛的青蛙能爬上塔顶，不断地说：“这太难了！这不可能的！”听到这些话，一只接一只的参赛青蛙泄气了，退出了比赛。最后只剩下一只青蛙还在攀登。就是这唯一的选手，费了好大的劲，爬上了塔顶，成了胜利者。当许多观众去问那只青蛙哪来那么大的力气爬到塔顶时，才发现这只青蛙是个聋子。这个寓言告诉我们不要听信那些习惯于消极悲观的人，也不要畏惧于那难以负担的压力，它们会粉碎你对美好事物的梦想与追求。当有人告诉你不可能甚至阻拦你的时候，你要学会变成聋子，充耳不闻。你一定要想，幸福在自己手中，就看你能否攥紧。

有人会说，这很难。确实难。但我们的前辈做了，教育才有了今天的辉煌。现今许多教师做了，教育才有了改革的成效。我们为什么不能做？我们可以做到的，还可以做得更好。

关键是不忘初心，埋头苦干，耐得住寂寞和孤独。教育是很平凡很需要坚持的事业，但也需要只争朝夕！对青年老师来说，职初的三五年是基础，为幸福奠基；执教的十余年，是关键，为幸福添彩。努力要抓紧哪！

现在许多教师幸福的丢失除了外部的原因，还跟内心欲望的偏颇有关。物欲横流，致使许多人盲目追求物质意义上的幸福，把心思过多地放在营造个人物质生活幸福上，而忽略了精神的追求。幸福生活的追求本无可非议，但教师个人生命的价值是与国家的利益紧密相连的，教师工作的意义并不局限于谋生，它影响着受教育者的人生。几十年的教育生涯如果只是在碌碌无为中度过，只是在日复一日年复一年地消耗生命，那还有什么幸福可言呢？

古人云：纵使世间万般皆是虚妄，也甘愿用自己灵魂的影子拥抱这虚妄里的一丝真意。又云：仰卧千年古树，静守清幽明灯。听松涛过耳，揽日月之心。我想，这可以是我们获取教师幸福的风雅浪漫的写照。

叫嚣的夏天终将过去，又一个学季即将到来。教材要改了，新的教改举措要来了，教育总是不断有新的东西出现。让我们张开双臂迎接它吧！

根固树茂

新学年开始要用部编语文教材了。新教材的显著特点之一就是增加中华古诗文的阅读量，年级越高，文言课文越多。语文课，将呈现新的面貌。

文言文是中国文化的根。自甲骨文起，三千多年间，中国的历史、文化、政治、军事、农业等重要的典籍均为文言。这些可都是中国文化的宝藏，文言是打开这个宝藏的钥匙。身为中国人不懂文言，很难真正了解自己祖国的历史。

我们的前人留下了大量宝贵的文学经典，如《离骚》《出师表》《陋室铭》《兰亭集序》《滕王阁记》《桃花源记》等。这些用文言撰写的作品就像一条永不枯竭的长河，滋养了我们一代又一代人。它化为我们民族的文化基因，形成我们中国人特有的审美观念、思维方式和情感表达的方法。这些已经渗入我们的血液里，使我们成为文化意义上的中国人。

文言文比起白话文有着高度凝练的特点，它含蓄蕴藉，充溢着深沉浓烈的情感，具有无穷的“言外之意”和“韵外之音”，为读者提供了广阔的再创造的空间。文言文的表达有任何外语所没有的节奏和音韵，有一唱三叹、起伏跌宕、抑扬顿挫的惊人的言语张力，这也是任何外语无法比拟的。学习文言文，是固中华文化之本。根固才能树茂。时下中国，语言粗鄙低俗大有人在，整体文化教养令人失望，这跟文言文传统的断裂有关。如任其肆虐，我国文化之根将不固，民族文化之树定难茂盛！

古诗文教学的意义已不需多言，它对现今的语文教学提出了严峻的挑战。目前，包括我在内，文言基础薄弱，积累不够，基本没有文言文阅读的习惯，理解和表达能力有限。上海这几年的课堂教学研究在这方面关注很少。我曾数次向市小语会和有关同志呼吁进行古诗文教学专题培训，希望多开展古诗文教学观摩，但人微言轻，无人理睬。今年五月，我在浦东和青年老师一起探讨古诗教学，提出“以熟为主，吟诵积累，情感陶冶”的主张，并试上了一节三年级的古诗文教学课。教研员听课时就坐在我旁边，他一直在玩手机无心听课，评课时讲“知人论世”，说了一大通对一线老师没有实际意义的话。对此，我只能无言。

现在新教材来了，我想，总该引起重视了吧？

根固树茂。传承和发扬中华传统文化，守护我们的根，我们的后代才会更有教养，更有智慧，更有远大的目光和民族的自信，我们的民族也才能更兴旺强盛，灿烂和辉煌。

这是我们教师的职责。尽管古诗文教学有些难，文言文阅读在现实生活中不一定直接有用，但教学的需要就是我们的需要。况且，世界上许多美妙都是由看似无用之物带来的。无用方得从容。让我们从古诗文的阅读和教学中去获得洁净如初的心灵和丰富多彩的精神世界，成就百毒不侵的自身吧。我们和每一个学生一样，都是繁茂葱郁的大树上的一片叶，一根枝条，一朵花。

角落

家里的书桌坏了，换了新的。整理物品的时候，无意间发现了一张泛黄的旧照，是我们兄妹几人与母亲的合影。照片上的母亲四十多岁，瘦削，憔悴，双目因长年流泪而没有光彩，但竭力睁大着望着镜头。那大约是一九五八年，当时父亲已故，家里经济拮据，全靠母亲在里弄生产组干活的微薄收入维持生活，用父亲留下的少量积蓄供我们读书。后来实在困难，八岁的小弟被送到乡下远亲家放牛。母亲年轻守寡，一生劳累。每日，她在那生产组最昏暗的角落里劳动；每天，她在楼下公用灶间最角落的地方为我们做饭；每餐，她都是站在角落里看着我们吃饭，然后再进食我们的剩饭剩菜。有时，她还会到菜场肮脏潮湿的角落捡菜皮……母亲这一生，可以说是在角落里度过的，就连最后，她也是死在医院急诊室外走廊尽头的一张病床上，那时她已经失明了五年。

在这个世界上，无处不是角落。中心的位置和角落是相对的。你站在了一个舞台的中央，可相对于更大的舞台来说，这个位置只是个角落。你登上高山之巅，可相对于广阔的天地之间，再高的山峰都是角落。人生就是这样，我们是沧海之一粟，每个人都在角落里，像小草一样卑微，像蝼蚁一样忙碌。我们这一代人，有的时候，经过了殚精竭虑的追逐和艰苦残酷的奋斗，终也站在过相对光鲜些的位置上，但母亲呢，哪有一天离开过角落的阴影？

角落，实在是我们人生的栖息之地。我想，我们每个人给予这个世界的光和热，不都是在角落里孕育、从角落里发出的吗？

角落是可以成就一个人的。我有一个表舅，是个画家，专画山水和仕女。解放初，他从教员队伍里被清理出来，调到一家陶瓷厂工作。他一介文弱书生，肩不能挑，手不能提，处境十分困窘。但他想得开，一边干活，一边还是画画。后来，他居然发挥了特长，山水和仕女被烧铸到了陶瓷器皿上，为国家创造了不少外汇。

回想我自己，年轻的时候，曾经不甘平庸，拼命朝着中心地带靠拢，生怕被挤到边缘地带，卑微得如一棵野草，平淡而又多余。这可能是年轻人的一种生存状态吧。我也确实获得过成功，但更多的是挫折和失落。曾有人说我，"顺利时飘飘然，挫折时忿忿然，患得患失"，确也如此。后来，我渐渐想明白了，繁华终归要落幕，身处角落有什么不好呢？角落里的人生实在是一种快乐和享受。人在角落里一样奋斗，志存高远，低调处世，宠辱不惊，人生安然，多好！我去餐厅，喜欢选一个角落，静观餐客们的忧欢；我去书店，喜欢选一个角落，沉浸在书的世界里，忘了日月晨昏。我的母亲，角落一生，自有她的欢乐和期盼；像我舅父那样，安于角落，也能成就社会认可的人生价值。

我现在是个退休后尚在发挥余热的老人，角落里的每一天都过得快乐和充实。中心的位置已和我无关，人生的风浪和得失已成过眼烟云。看着青年教师们的进步和成长，我内心喜悦，教改中心的位置是他们的呀！与年轻人相处相欢，我似乎看到他们奋斗进取的形象里有自己的身影。对此，老教师们也一定感同身受吧。

唤来秋至夏往

今年这个夏天，铺天盖地的热。夏日之神，像是驾着无数辆熊熊烈焰的车在大地上奔驰，所到之处，热浪滚滚，空气似乎要炸开。酷热难挡的人们心突突地跳，情绪无名无状地躁。这份溽热，逼仄得你，遁无可遁，逃无可逃。唯有蝉，喜欢这赤日炎炎，它们风光惬意，阳光越炽烈，它们越欢畅。只在清晨，我们才闻得几声鸟鸣，太阳一出，鸟儿就不知躲到哪儿去了，只留下蝉的大合唱。这么热的天，户外劳动的人们挥汗如雨，任烈日灼烤，实在令人敬佩。

偏就在这么个炎炎长夏，印度犯我边境，激起我们满腔怒火。八月上旬九寨沟和新疆精河发生地震，望着满目疮痍的震后图像，我们又生出无限的忧愁和牵挂。

这真是个叫嚣的夏天，疯狂的夏天！谁都盼着，唤着，唤来秋至夏往。

任何事情都一样，到了高潮，必临近结局。立秋一过，长夏也就要渐渐落幕了。这就像犯我国土者，必自食其果。抗震救灾过后，会迎来更美的九寨沟和精河县。

四季中，我最喜欢秋天。“独立寒秋，湘江北去，橘子洲头。看万山红遍，层林尽染，漫江碧透。百舸争流，鹰击长空，鱼翔浅底，万类霜天竞自由。”毛泽东的词句，为我们描绘了一幅壮阔迷人的秋景。早晨起来，举目四顾，温柔明媚的阳光饱蘸着秋风的凉意，洒向树木、草地、房屋和人们；那一只只飞鸟，摆脱了燥热的负担，在枝头上蹦下跳，呼朋引伴，清脆的歌喉唱亮了天空。那一株株雏菊，一树树桂花，多彩的，芬芳的，层层叠叠于屋前屋后，擎起秋之图画。荷莲开始谢了，树叶也开始飘落。燕子在空中翻飞，越过城市的上空，越过市郊的田野，时急时缓，然后在农家的炊烟里划出美丽的弧线，再化成点滴，消失在云淡天高之中……李商隐诗云：“秋阴不散霜飞晚，留得枯荷听雨声。”秋天的雨其实并不多，飘飘洒洒，柔柔弱弱，没有了夏雨的狂暴和张扬，落在身上凉凉的。一阵秋雨一阵凉，天气也就渐渐凉爽起来了。

唤来秋至夏往。季节变换，让人生出些许惆怅来。古代诗人写多了悲秋的诗文。如欧阳修《秋声赋》曰：“盖夫秋之为状也：其色惨淡，烟霏云敛；其容清明，天高日晶；其气栗冽，砭人肌骨；其意萧条，山川寂寥。”但在我眼里，经过了酷夏的煎熬，秋天的凉爽叫人惬意；见识了长夏的猖狂，秋的美景多么温馨。刘禹锡的《秋词》：“自古逢秋悲寂寥，我言秋日胜春朝。晴空一鹤排云上，便引诗情到碧霄。”它写出了秋天的美好是可以胜过春天的。你看，一只凌云的鹤，载着诗人的情感，一同遨游到了云霄，气势雄浑，意境壮丽，表达了一种向上的精神和意愿。

我们告别了夏天，沐浴在秋日秋风里，拥抱秋之金黄，秋之成熟，秋之丰硕，秋之美好，我们心中便有了一段幸福的时光。

语文老师的宿命

宿命者，生来注定的命运。在这个世界上，每个人都有自己的宿命。央视主持人白岩松有一句话说得好：“没有一代人的青春是容易的，每一代人有每一代人的宿命，委屈，挣扎，奋斗，没什么可抱怨的。”确实如此。在生命的长河中，各人的经历和担当是不一样的，当我们掂量了自己的可能，认清了前面的路，心无旁骛，我们的宿命也就开始了。

我当了一辈子语文老师，其中的喜和悲，对和错，得和失，绘就了我生命的图画。这图画当然说不上绚烂，但收获和价值却是体会到了。这是我的宿命，无悔无怨。

语文老师的宿命，用一句话来说，就是一生游走在母语的花园中，欣赏，采撷，与学生分享，然后再一起栽培新的花。

让我们点一盏心灵的灯，照亮宿命的路，与语文和语文教学相融，相携，同行。

与文相思，和母语共舞。这世间有了相思，河水才流，云彩才飘；山与谷，根与花，才紧密不分。文字与世上的一切保持着神秘的相思，才形成了文本。每篇课文中，都隐藏着作者与世间事物的相思。语文老师教课，要去发现文本中隐藏的这种联系，与学生一同分享那种美，发现作者那深深的、动人的、盈满的情思，与文字共舞，和语言同唱。

锦心绣口，在读中感悟。语文老师要经常舞文弄墨，以自己不甘懈怠的笔寻词觅句，啄文谋篇，讴歌真善美，描述学校生活，启迪学生的智慧，引发表达的欲念。要用如珠似莲的语言陶冶学生的情操，在吟诵和朗读中引领学生生发对民族优秀文化的敬畏和自豪。

字非无言，赏笔墨之美。一手工整娟秀的字，是语文老师的基本功。汉字不仅是符号，更有意蕴在其间。字是有言的诗，无图的画，无声的乐。学生在老师的书写中，感受到的不仅是美，更是意念专一的品质，一丝不苟的作风和淳朴憨厚、平易自律的道德风范，中华文化的精气神。

变幻之旅，开拓阅读新路。教课要因文而异，不墨守成规，不千篇一律，富于变化，敢于创新，调动学生阅读的好奇心。程式化的课是难以吸引学生的。学生在变幻的阅读之旅中方能享受阅读，感受母语的精神魅力。

亦师亦友，一起快乐成长。语文教学在课内也在课外，在教科书也在广泛的自由阅读之中。老师和学生是学习的共同体。一个聪明有为的语文老师会把语文教学搞得丰富多彩，创设生动活泼的氛围，和学生一起吸收母语的营养而快乐成长。

我想，语文老师既然拿起了书本，走上了三尺讲台，面对学生一双双渴求知识的眼睛，开启了自己一生的宿命之旅，那就静下心来，认了宿命，又挑战宿命，不怠惰，不苟且，挣扎，求索，奋斗，进取，那么，我们就可以不辜负命运的眷顾和青睐，无愧于这个神圣的职业和伟大的时代。

饮茶清欢

友人寄我一罐湖南张家界产的“茅岩莓茶”。此茶从未见过，据说是土家人钟爱之物，奉称为“神灵的恩赐”，有益于长寿。友人知我喜茶，故而馈赠，我当珍视之，不可暴殄天物。

我们徽州人都喜饮茶。我母亲姓汪。汪姓是徽州大姓，出过许多文人名士，汪士慎是其中之一。他是位盲画家，以画梅传世。此公一生嗜茶。他看不见却能说出喝的是什么地方的茶，甚至是什么时候采摘的。汪士慎不喝泡茶，而是煮茶。据说他煮茶的水只取三种，一是山泉，二是雪水，三是花须水。雪水从天而降，冰清玉洁，他以为圣洁之物；花须水是清晨花瓣上的露珠，他使它们顺花须流淌而下，滴入瓶中。汪士慎还听茶如痴，他在茶汁沸腾的细细响声里仿佛听到美妙的天籁之音，“粉杏红桃懒去看，煮茶声里独凭栏。”他啜茶画梅，仿佛感到那袅袅的茶烟是绕梅的云霞。茶成就了这位盲画家一生的风貌和品格。

古人对喝茶有颇多讲究，比如要求喝茶之人是“精行俭德之人”，应当具有如茶一般清醇优雅的气质，如茶一般坦诚高洁的情操。可见，喝茶首先不是解渴，而是一种品位，喝茶和人品不可分。在古代文人的眼里，喝茶是礼貌的象征，是文明的外衣，是增进情感传递友谊的桥梁。喝茶是一种雅事，跟草根百姓喝茶不是一回事。这是中国人的茶文化，中国传统文化的一部分。

闲暇之时，喝茶品茗，端着烫烫的杯子，轻轻吹散热气，淡淡的茶香弥漫开来，仔细看，水里站着的是渐渐饱满起来的纤细嫩绿的叶子。茶色怀旧，和往昔藕断丝连，清清淡淡的苦里含着清清淡淡的甜，这时候，最宜怀想往事。若再有茉莉、茶菊等花朵盛开在茶水里，便如往事中明艳的情愫，美丽而又忧伤。饮茶，何其乐哉！

我有个学生是开茶店的，有好几家，其中之一就开在共和新路马戏城附近。有一次我路过到他店里坐坐。店里流着古琴的旋律，茶具小凳都是古朴的树桩。他泡茶给我喝，先在一个小瓷器里装了茶然后倒出，让我闻空瓷器的味道，那是茶走过后的味道，颇是醇香。接着，他舀一撮铁观音放进紫砂壶里，用沸水倒进去，又倒掉再泡第二壶。茶水倒进两个小小的雪白的杯盏里，水色鹅黄，纯净剔透。我边啜边闻，这铁观音比起龙井的娇小稚嫩，清淡优雅，显得粗朴厚重。他说，这茶能醉人。的确，我从他店里出来，投入街道热闹的人流中，真的有一丝微醉。饮茶，是有酒情、有韵味的。

我们现代人不是文人雅士，不可能像古人那样风雅地喝茶。现代社会生活节奏如此之快，忙碌的人们当然不可能像汪士慎那样煮茶品茶。但闲逸之时，饮茶不失为一种情趣，尤其对教师来说，饮茶可以是一种静心的清欢和修养。

遗憾的是，这清淡的欢愉已日渐失去。油腻、噪音、污染坏了我们的心境；呼朋唤友去喝茶的地方总是都市嘈杂的所在。人间的清欢，比如饮茶，已被拥挤出尘世，变得越来越无味了。

但我还是要喝茶，在家里喝，和三两个好友一起喝，任何其他的饮料都比不上我们中国人喝茶的情结和滋味啊！

秋天快来了，秋风起来，叶子飘落的时候，又该是喝茶的好天气了。友人赠我的茅岩莓茶我可以拿出来品尝了。呵，饮茶，清欢，哪怕就只一人，只一个茶盏，又如何！

兰心蕙质

夏日在家，临窗而坐，凉风不至，却有暗香袭来。那是我家那盆建兰开花了，娇嫩的米黄色，柳腰斜舞，杏靥含娇，香气自枝叶间散逸而出，淡雅从容，恬静和缓。沐浴其中，感觉暑热消退了许多，心境也变得宁静起来。

古人云，兰之猗猗，扬扬其香。兰花花容窈窕，素雅高洁，坚贞自抱，其香如绿烟轻袅，人们常用它来比拟品格高尚之人。近读几篇小故事，主人公均是女性，惊叹和感动之余，我深感聪颖高尚之女性是极称得上“君子如兰”的。

且看这两个故事。一个孩子不幸得了“重症肌无力”的怪病，遍寻名医，终无治愈可能。上小学时，学校离家很近，正常孩子走十几分钟即可，他却要花费几倍的时间才能到达。一天下午，天气骤变，随后便雪花飞舞。到放学时，路上已铺满厚厚一层雪。孩子想，妈妈一定会来接他的，但直到其他孩子都走完了，也未见自己的妈妈。他由焦急变成了伤心，认为妈妈不疼爱他，泪在脸上蜿蜒。终于，他咬咬牙，迎着暮色，踏上返家的路。这一段路他走得无比艰难，不知摔了多少跟头，也不知走了多长时间，委屈、恐慌交织在一起，心里恨极了妈妈。终于，他蹒跚到了家门口。他妈妈见到他，一下子扑上来，哭红了眼睛的妈妈无比怜爱地摸着孩子的头，对他说："孩子，你回头看一看，那路上的每一个脚印都是你自己走的。今天，妈妈为你感到骄傲。在以后的生活中，你一定会遇到许许多多困难，如果都能像今天这样顽强地走过去，那你永远是最有出息的、最棒的男子汉。"多么聪慧与坚强的母亲！她心如芷兰，对儿子的爱虽不轰轰烈烈，却在儿子迈出人生初步的时候，就教儿子如何独立地面对一切困难。她深知，人生的旅途妈妈只能陪伴一程，更长的路要儿子自己走下去。我想这样有远虑的妈妈，真是儿子的福分啊！

另一则故事发生在上海老城厢，是好多年前的事了。居民楼发生了火灾，木结构房子的下面几层已经烧毁，只有柱子还在勉强撑着。四楼的几户人家已无法从楼梯逃生。幸好消防队来了。消防队员拉起一条旧毛毯，对着上面大声喊："跳！一个一个往毛毯上跳！背部着地！背部着地！"于是，上面的人一个个往下跳，屁股着地，背部着地，安然无恙。一个裹着大衣的妇女犹豫着不敢跳。火势越来越猛，一根柱子燃烧着，"喀嚓"一声断了，房子在火中摇晃。在人们的催促下，妇女终于往下跳了。全场的人们集体惊呼：她用的分明是跳水的姿势，头部向下，像一发炮弹，迅速坠落在毛毯上，毛毯裂开了，她的头重重地撞到了地上，顿时鲜血横流。人们奔了过去。她的大衣敞开了，大家这才看到她的腹部高高隆起。“已经八个月了，”垂危的女人轻声地说，“赶快送我去医院……剖腹……他能活……”

这个姿势对胎儿是最安全的，对她却是致命的。在生死的关头，她选择了死，把生的希望留给了腹中的孩儿。我看到这儿，眼泪夺眶而出。这妇女何止是君子如兰！她的爱心，她的品格，无私且无畏，真是“千古幽贞是此花，不求闻达只烟霞”，惊天地泣鬼神矣！

兰花世人称羡，它的香幽若曲径，深如静潭；它的色或淡或艳，高雅容华。兰花璀璨如蝴蝶兰，也有温雅如建兰者。我的表哥岁已米寿，住在诸翟，每隔一些日子，我会去看望。他住的院子隔壁有一户人家。我每次去，总能看见一位老奶奶照料着膝下的孙儿，嘴里喃喃着：“宝宝乖，宝宝乖，奶奶老了，带你的日子不多了。”老妇人确实老了，满头白发，满脸皱褶，嘴巴瘪着，但目光显出慈祥。表哥告诉我，她近九十岁了。她常对孙子说：“奶奶以后走了，天上就多了一颗星星，奶奶在天上，给宝宝照路，给大家照路呢。”多好的老妇人啊！她不像前面那位妇女惊天动地，她在孙儿小小的心里种下美好的种子：每一个活过的人，都能给后人的路添上一点光亮，也许不是巨星，不是火炬，只是一支含泪的烛光……

我想，聪颖高尚的女性，不论她们年龄大小，颜值高低，都具有兰花的品质，兰花的性格。心如兰蕙，品似兰香，悠远高雅，令人倾慕。我们的周围不是有许多这样的女性吗？我们这个世界，因为有她们，才如此美丽灿烂。我捧一束兰花献给这样的女性朋友，我为她们点赞！

第三种风景

风景看不尽。世间风景，人们说无非是两种，一种是自然风景，另一种是人文风景。

记得好多年前旅行欧洲，乘车从瑞士到奥地利去，公路两旁尽是可以入画的风景：辽阔的草地，悠闲的牛羊，茂密的树林，白墙红瓦的童话般的屋舍，屋舍前后鲜花盛艳。没有游人如织的景象，空气清新，碧天如洗，偶尔见到雁儿掠过，在草地上空自由地飞翔。真是秀色可餐啊，我如入梦境，由衷地赞叹欧洲人的浪漫和对美好生活的创造力，真恨不能走下车去，在如毯的绿茵上躺下，贪婪地享受一番。

这是自然的风景还是人文的风景呢？我看两者都有，如诗如画。人在景中，风景影响和陶冶着人的性情，谁能说自然的景观纯粹就是山和水呢？我看，还包含了看景人的心情。你到过五岳独尊、高耸入云的泰山，会感到自然的伟大；你见过飞流直下、终年不息的黄果树瀑布，会领悟人生的渺小；你走进幽静浪漫的桃花源，会流连忘返，觉得这里是“诗意的栖息地”，为自己终究还是要回到摩肩接踵的人流中去，享受那蜗居的“幸福时光”而无奈和懊丧。

于是，我们的思想和情感会因为风景而丰富起来。真正懂得风景的人，大多是性情中人。他们会透过风景去体会人生的况味，得到一种哲思的顿悟和升华。

今年夏天去了一趟老家，又一次走进徽州那些幽深的小巷。

徽州的小巷，那是比苏浙老城镇的小巷更狭窄，更幽深，也似乎更神秘的所在。小巷两旁是高墙深宅的大院。在小巷之间，那跌宕有致的马头墙，那半遮半映的屋顶，黑白相间，构成了一种曲线美。小巷中间一绺长长的缝，镶嵌着蓝天。风晨雨夕，小巷用青石铺就的悠悠长长的小径，湿湿的，亮亮的，空蒙而迷幻。那爬过墙头的紫藤，紫花满枝，一串串，一簇簇，在雨中沿墙倾斜而下，犹如紫色瀑布一般。走在青石小径上，我想起两旁古宅里温婉灵秀的徽州女人，想起岁月印痕爬满眉梢的徽商，想起打着雨伞、扎着丁香结的忧郁的皖南姑娘。“小楼一夜听春雨，深巷明朝卖杏花”，陆游的诗悠悠地回响在我的耳畔。在这深深的小巷里，人世间一切浮躁喧嚣都淡淡远去了，那意境，那情韵，是一种诗化的禅意人生。

徽州人建造自己的宅院，喜欢留下这条条美丽的小巷，这固然跟固封自守的习俗有关，但他们浸润在血液里的含蓄、细腻、谦恭、悠远的特质在幽幽的小巷中显露出来。你到绩溪江村胡适的故乡可以看到这样的小巷，你到龙川胡雪岩的故里可以见到这样的小巷，你在黟县朱熹的祖籍地和屯溪戴震的旧居也会看见这样的小巷。“深巷重门人不见，道旁犹自说程朱。”我不禁感叹岁月的悠久，历史的沧桑。徽州的小巷不光是人文的，也是自然的，它蕴涵着一个地域文化的风情，让我看不够，读不尽，阅不完其中的博大精深。

在国内，名山大川总和庄严雄伟的寺庙为伴；在国外，奇妙的山水常见教堂和古堡耸立，自然的景观和人文的景观融为一体。景，因人而生辉；人，因景而生情。两种风景的交相辉映，构成了妙不可言的诗情画意。好像，看自然的景只需用眼睛，看人文的景，需要知识的储备。其实不然，不论看哪一种景，都是每个人眼睛里所折射出来的意识和性情。所以我说，世间有第三种风景，那就是“心中的风景”。

自然风光的愉悦和对人文景观的惊异，不仅应该摄入我们大脑的记忆底片之中，还应该渗入我们的心灵，受到历史的文化的精神的浸淫，而不是只看到风景的躯壳。

知道吗？风景是会说话的。当你在看风景的时候，风景也在看你。它，会对你说什么呢？

艺术长在　风采永恒

晚餐时，孙女要我猜谜："带枪的男人。"打一个城市名。我马上猜出是武汉。我也让她猜："龟蛇锁江江更流。"她猜出也是武汉。我又让她猜"东湖之燕"，打一人名。她猜不出了。我告诉她，这个人是周小燕，我国著名的花腔女高音歌唱家，出生在武汉原来的"海光农圃"，就是现在的东湖"苍柏园"。

周小燕是闻名遐迩的音乐艺术家和教育家，现在的许多音乐大腕如廖昌永、魏松、张建一等都是她的学生。她是东湖的女儿，武汉的骄傲。

二〇〇三年我加入上海百老德育讲师团。有一次活动在南洋中学举行，八十五岁高龄的周小燕先生也来了，清瘦的面庞，戴一副黑框眼镜，穿一件对襟的褐色中式外衣，满面笑容地跟学生们打招呼。我就坐在她后排，能近距离接触仰慕已久的音乐大师，喜出望外。她转过身来跟许多人打招呼。经人提醒，她对我说："哦，你是百老团录像片中跟徐汇区小朋友讲故事的老师啊，还很年轻呔！"哈，这又让我受宠若惊了。

周先生的歌我是最爱听的，年轻时，好多次听她的歌，音乐会上，唱片里，电视节目中，一曲《晴朗的一天》，一首《长城谣》，多少人为之倾倒呀，我就是其中之一。她的歌声华美、清晰、幽远又凝重，在万蝉鸣唱、百鸟朝阳的气势中冲出，美丽而悠长的颤音使人如痴如醉。她歌唱的每一个瞬间，都激情四溢，每一个音符，每一句歌词都充满了无限的情感和意义。听她的歌，从头至尾，整个人都被她的高音洗涤了。在袅袅余音之中，我仍浸浴在美妙音乐的遐想中，不能自已。古稀之年，她曾和学生一道站在长城上演唱《长城谣》。塞外的风吹起她的华发，卷起她的衣襟。她全然不顾，引吭高歌，向着长城内外的河山尽情抒发家园之梦和家国情怀。那情，那景，那歌，我至今记忆犹新。

周小燕先生让我敬仰的不只是她的歌声，还有许多令人难忘的言谈举止。曾有许多次她可以去美国定居，但她没有走，留在了祖国。她登台演唱必穿旗袍。她说："我是中国人，我为中国唱歌。"她用歌声募集捐款，资助武汉乃至全国的艺术类贫困老师和学生。她不顾年迈，在钢琴旁，在录音棚，在自己家里，向学生传授演唱的技艺。她说："我不能承受没有学生的生活。"教学，是她的天，是她的地。

周小燕，是"中国的夜莺"！虽然，在二〇一六年，她已驾鹤西去了，但她的艺术长在，风骨永存。她的风采永远闪耀不灭的光辉。

说周小燕，我想起了另一个人，那就是秦怡。秦怡是上海人，著名的电影艺术家，如今已九十多岁了。前年，我们百老团在江南新村小学搞活动，她让人搀扶着也来了。一身红衣裙，抹着淡妆，上台给小朋友讲话，轻声细语，慈祥和蔼，如春风拂面。孩子们“秦奶奶，秦奶奶”地叫着，她笑着，笑着，笑靥如花，我分明觉着，那《铁道游击队》里的芳林嫂就站在眼前，《女篮五号》里的林洁就在我们中间。艺术使她不老，爱心让她不辞年轻。秦怡跟武汉是有缘的，年轻时她投奔革命，曾到武汉参加抗日宣传活动，在武昌，在汉阳，大中学校校园，街道和广场，都留下过她青春的足迹。

秦怡有坚毅柔韧的品格和传统的美德。她爱亲人，爱家庭，在丈夫瘫在床上的二十多年间，她悉心照料，不离不弃。她独自扶养患精神病的儿子，从儿子十六岁到五十岁，一直带在身边，儿子的理发、洗漱、刮脸，她都亲历亲为，直到儿子离世。秦怡是位贤惠的妻子，慈爱的母亲。她处逆境而不灰心丧气，遇苦楚而独立承受。汶川地震时，她捐款二十多万。八十多岁时，她还自编自导自演，上高原，下盐湖，拍摄电影《青海湖畔》。她每一次出场，不取分文，至今还是领工资过活。

秦怡和周小燕一样，高风亮节，德艺双馨，冰清玉洁，为人楷模！

武汉是座光荣的城市，人杰地灵。东湖的女儿周小燕、曾在这儿度过青春岁月的秦怡都是武汉人的典范。武汉的山山水水见证了武汉人的坚毅、忠贞和追求。

武汉是座有着浓郁艺术气息的城市。武汉人流淌着人文艺术的美妙血脉。

武汉人富有永不泯灭的民族大义和迎合时代发展的创造精神。“武汉，每年不一样”，这就是武汉人改革进取的气魄。

周小燕和秦怡的艺术长在，风采永恒。她们的精神和品格将影响武汉每一个教育工作者。她们钟情于艺术，我们钟情于教育；她们深爱着观众，我们深爱着学生；她们在艺术上精益求精，我们在教学上锐意进取。她们是时代的骄子，胸怀民族和家国的大义；我们是新时代教育事业的弄潮儿，身处教室，常思世界之大，人在讲台，神往碧水青山。未经磨炼，哪来快乐？没有奋斗，何言成功？努力吧，我们！燕回东湖，秦娘（上海文艺界亲热地称呼秦怡老师为“秦娘”）不老，黄鹤齐飞，万花芬芳！

颜色

见报上一篇短文说，日本商人要在中国销售500色铅笔了，并且，各种颜色都起了对应的名字：日本海的渔火、杨贵妃的梨花白、彗星的传说、天女的羽衣、故宫的夜、朝露打湿的牧场、长谷寺的牡丹、京都的屋根瓦……从植物到神话，从夜色到渔火，从牧场到寺院，所有能想象到的，生命中那些美好的事物，每一样都凝聚了颜色的意象。

铅笔的颜色被赋予了动听的名字，于是，人最隐蔽的内心情感通过它显露于外。当然，这是日本生意人的销售策略，它迎合了中国人的民族心理以及对异域文化的好奇，但这引起了我的思考。从商品转移到我们的生活上来，其实，每个人都可以给自己人生履历的色彩定义命名。你可以试试，下面这些事物的颜色可以如何命名：母亲手工蛋饺的金黄、毕业照的灰黄、初恋时情人送的白跑鞋、情书笔迹的黑蓝、旅行中黄昏看到的海、年少轻狂时的日记本。你赋予这些事物名字的时候，并非是重复它的颜色和名称，而是展开联想，顺着你的思绪，张开你情感的羽翅，很多过往的岁月和人事，在怀念中一一出现在你眼前：灿烂的生活，温馨的友谊，火热的爱情，激情的工作，还有忧伤、喜悦和朦胧，甚或荒唐。

在寂静的夜里，我沉睡着，忽然陷入了奇妙的梦境。我见到自己穿着有补丁的衣服去报考师范学校的情景；见到自己站在脚手架上往高墙刷写红色标语；见到自己与年青的老师唱着青春的歌，台下全是穿着白衬衣的孩子。我眼前闪过无数的事物和场景：墨绿的黑板，蓝皮面的备课本，鲜红的证书，橙色的学生校服，操场上那棵挺拔的大树，我们散步在教学楼后面那条幽幽的小径……回溯和怀念令我涌起无名的忧伤，也有欢喜。

在这炎热的夏天，让我们在品茶、旅行、游泳之外，静下心来，用起名的方法回溯和记忆人生吧。古诗云：临水开轩，四面云山皆入画。凭栏远眺，万家烟火总关情。启动你的智慧，寻觅美妙妥帖的文字，你一定会给生命中的色彩以鲜活的灵性。

秋景如画

美丽的海棠

小区里有几株海棠树，每天早晨我总能看到它们朝气蓬勃地朝着太阳升起，抖动着一树茂密的枝叶。秋天了，它们结了红艳艳的海棠果，在旭日映照下，像是燃烧着满树的火把。风，还是暖暖的，海棠果落在地上。我拾起几颗回家，放在白盘子上，红白相衬，晶莹剔透，像白石老人的画。

海棠是春天开花的。以前我并不十分关注它，因为小区里的花草很多，它淹没在雪一般的梨花、淡绿色的苹果花和那一株株、一丛丛金黄色的迎春花之中，百卉璀璨，它只是其中一种。引起我关注它，是在看了写周恩来的电视剧《海棠依旧》之后，中南海西花厅的院子里植有好多海棠树，枝条茂密重叠，花团似锦，似云霞万朵。多么妩媚动人的花呀！春天的时候，我欣赏小区里的海棠，它花色绚烂，但不媚俗，花瓣或曲或舒，极其自然潇洒，清香随风飘散，雨后犹存。怪不得古人说它“虽艳无俗姿”，是“花中神仙”。苏轼诗赞：“只恐夜深花睡去，故烧高烛照红妆。”看来，他是爱上这艳似美人的花了。

我也喜欢海棠花。它不像水仙那样冰清玉洁，也不似牡丹那样高贵典雅，但你看，小区住宅的屋前屋后，街道两旁的人行道上，院落一隅，湖畔溪岸，无处不见它的身影。它普通，果子酸甜可口，孩童爱吃；它平凡，不挑土地肥瘦，易种易活；它生动，花容婀娜多姿。

可能是多年从教，我总习惯将花鸟景物与教师相比拟，抒发一些教育情思。前几日到崇明岛上的长江小学去，校长对我说：“我们学校的张旭霞老师，好几年了，年年主动义务献血，次次乐乐呵呵。”又说：“我校方菊萍老师，教课扎实有效，还整整一年，资助贫寒学生就读，被大家称为最美崇明人。还有罗春花老师，早就申请加入了中华骨髓库，但她从不宣扬，我直到前几日才从别的渠道得知。”他满面笑容，如数家珍，言语间满是钦佩和自豪。听着这些老师的名字，眼前浮现她们的笑貌，我马上想到，她们的形象，她们的心灵，多像美丽的海棠！她们坚守在乡村教育的土地上，用纯朴、善良和谦卑的举动诠释着教师的人格素养。她们执着于言传身教的教育信条，德高为师，身正为范，释放着育人的正能量。她们就是教师队伍里高雅妩媚、给人以快乐美好的海棠。

海棠充盈着诗意，海棠洋溢着欢笑。教师队伍里有千万株这样的海棠。有年轻稚嫩的，迎着朝阳，亭亭玉立，蓬勃向上；有年富力强的，丰姿傲骨，繁花胜景，硕果累累。他们中，有上海崇明的、静安的、奉贤的，有武汉黄陂的、汉口的……全国各地都有。

他们一如海棠的美艳，高雅；他们一如海棠的蓬勃，生动；他们一如海棠的谦和，淳朴；他们一如海棠的执着，平凡。他们是教师队伍中真正大写的人，是中国教育的希望！

在这金色秋天海棠结果的时节，让我们赞美它吧！

“东风袅袅泛崇光，香雾空蒙月转廊”，这又是苏东坡赞颂海棠的诗句。我吟诵着，望着那挺拔秀美的海棠树，望着，望着，恍惚中，我觉得自己也变成一株海棠了……

蝉、麻雀和鹦鹉

立秋之后，今又白露，按说，应该凉爽了，可天气不遂人愿，仍旧炎热。蝉，叫了一个夏季，现在还在快乐地歌唱，特别是中午时分，阳光灼热，空气清新，它吊起高昂的嗓门，一声声地鸣叫，把它特有的魅力，传递到树，传递到叶。路边的小草也受到感染，竖起耳朵，晃动身子，好像在为它鼓掌。蝉，为什么唱得这么欢呢？是气候条件适合它无拘无束，是大自然给了它一颗快活的心。它在地下生成，在树上蜕变，喝的是甘甜的露珠。夏，因蝉叫而烈；秋，因蝉鸣而浓。它为人间增添了生机和情意。

秋雨后的早晨，早起的鸟儿和晨练的人们一起享受着秋光。我六点钟走出家门，见一群麻雀唧唧喳喳地叫着，它们一会儿飞到树上，一会儿又飞到地上，都在忙碌地觅食。这些快乐的小精灵，只要人一走近，就轰的一声飞起，给行人让出通道；待行人走过，它们又飞回原地，唧唧喳喳地叫着，跳着，继续尽兴地觅食，给早晨寂静的小区带来了生气。

在这初秋雨后的早晨，麻雀和蝉一样，自由自在，无拘无束，呈现出一种天然随性的快乐状态。

由此，我想起一个故事，叫《金丝笼里的鹦鹉鸟》。说的是一只绿鹦鹉被主人关在一只金丝笼子里，主人给它喝山泉水，给它吃精饲料。可是它一点也不感兴趣，一心要飞出笼子，飞到屋外的林子里去——那里有它的同伴。它的同伴们在树林里快乐地嬉戏，尽情地歌唱，自由地觅食。它在笼子里飞呀，飞呀，想挣脱金丝笼子的束缚。可笼子关着，它怎么飞得出去呢？它飞得筋疲力尽，叫得声嘶力竭，在笼子里撞过来又撞过去，撞得头破血流，最终悲惨地死去，死后仍睁着痛苦万状的眼睛。鹦鹉为什么死呢？它吃得好喝得好，住得气派，有什么不满意，不称心呢？

我思索着，想起现在的许多课堂教学，是不是也有点像这只鹦鹉的主人的做法呢？我们在一刻不停地喂养学生，只要是“饲料”，都给他们塞进去，吃得进去要塞，吃不进去也要塞。我们把他们限制在教室里，限制地“听讲”，把他们养得“胖乎乎，圆滚滚”的。他们知道了很多，但不是自己的，不久就忘了。他们被捆住了手脚，禁锢了思维，没有了能力。他们走路不是低头就是仰着头，心事重重，无精打采，失却了探究的热情，被抹杀了天性和个性。老师哪里知道，学生们渴望自由、渴望无拘无束地生长。他们不想做那只绿鹦鹉，只想如蝉和麻雀那样有适合自己成长的条件，能自由地觅食，快乐地歌唱！

儿童的天性是喜欢自由，追求快乐。我记得自己小时候，喜欢一个人闷着头画画，喜欢向父母要一分钱到弄堂口的小书摊借一本连环画坐下美美地看。上学的时候，喜欢老师和我们一起做游戏、唱歌，放手让我们自由地写作文。上课的时候，我常常偷偷地在下面看闲书，为此挨过骂，受过罚。其实，所有的孩子都是一样的。谁喜欢硬塞的老师和限制我们自然天性的教学呢？我们希望的只是有一片自由放歌的天地，有许多自由觅食的机会。

课堂学习仅是学生建构自我价值的园地之一。单就这一个园地来说，也必须是开放的，联系生活、联系自然的；必须是学生积极参与和动脑动手去实践的。

有合适的气候条件，蝉才会快乐地歌唱；可以自由地觅食，才成就了麻雀快乐的生活；封闭的笼子和盲目的喂养葬送了渴求自我成长的鹦鹉。它们，好似一面面镜子，让我们可以类比和对照。它们又好似一个个问号，叩问我们的良知：该如何培养孩子？该如何进行课堂教学？

毕竟是秋天了，秋景如画。在初秋的阳光里，新的学年拉开了帷幕，学生们又迈上了一段新的人生之旅。秋天是收获的季节。天边谁唤长霞落，万顷秋田待收成。千树枝头燃似火，百蝶款款舞随风。收获总在辛勤而有效的耕耘之后。秋天虽然浪漫，但也是有寒意的。我们的学生浸浴在秋风秋雨和秋寒之中，他们能勇敢前行吗？在秋色斑斓的花园中，他们会栽花养草，装点生活，创造童年的美好吗？教师，是他们的引路人。让我们引领着他们，手牵手，一起快乐地前行吧！

瞬间之华也灿烂

天地万物，都有它自身的状态，或巨或微，或明或暗，或动或静，或急或缓。你仔细地看，静静地听，会引发美妙的遐想。花开的时候，花瓣儿向四面伸展，那或是一刹那的时间，似有宁静而醉人的声响。中秋时节，皓月之下，桂影婆娑，树上满是一簇簇的小花，金黄璀璨，香气袅袅，那香会缠绕着你，经久不去，洗不掉也吹不散。清晨，一声清脆的鸟鸣，唤醒了枝叶，一颗露珠滴落，使绿叶绽开了笑靥。一对小马驹跟随着母马在溪边饮水，借着水面，欣赏自己漂亮的身姿。有一天，我看到一幅画：一位少妇痴痴地俯身下去，亲吻幽蓝幽蓝的海水。我猜，她一定是想让海水把她的吻带到远航丈夫的唇边吧。

在这“万类霜天竞自由”的秋天，何处不是美得令人陶醉的图画？

世界真是太美了！不过，你注意到没有，有些美，美得很特别，很悲壮，令人惊叹。

比如说花吧。友人给我看过一张照片：一盆仙人掌，长长的绿色柱头上开出了一大朵白色的花。那柱头闪着天鹅绒般的光泽，与簇簇拥拥的花瓣相映相辉，煞是好看。然而友人告诉我，花开不过旦夕，柱头就萎了，花也凋零了，撒了一地的花瓣。人们把这种花叫作“仙人花”。唔，我明白了，是仙人只允它一瞬之华，然后让它长久长久地孕育和等待。

听说过昙花吧。夏秋节令，繁星满天，夜深人静，当人们在甜甜的梦乡时，昙花开了，一展它的美姿秀色：漏斗状的花形，雪白的花，在翠绿花托的陪衬下向着夜色怒放，散发幽幽花香。可是，你知道吗？素净芬芳的它，只开放一至两个小时便闭合而凋萎了！“昙花一现终归尘”，给人留下无边的惆怅。

听人说起过木槿花。它的名字有着大家闺秀的端丽和婉致。这花，姿容不俗，绯色明艳。可是，它每一朵只有一天的生命，清晨开放，傍晚凋谢。第二天，迎着朝霞开放的是全新的另一朵花。这花最令人惊讶的是，它不是花瓣散落，落红遍地，而是整个掉落，花瓣收拢，如初绽的蓓蕾，绯色上慢慢现出一抹淡淡的紫色，使人联想，这是不是它掉落时受伤留下的血痕？别的花落红狼藉，风一吹，乱红飞渡，难免给人以飘零离殇之感，而它却典雅庄重，安之若素，静好从容，似在潇洒地说：“我来过了，装点过大地，此生足矣！”

每一种花，花开花落，似乎都有一个美丽的传说。比如昙花，就是花神女子和浇花的年轻人之间八十年相恋、离别、等待、重逢又永别的凄美的爱情之花。比如木槿花，据说是王母娘娘赠予仙女的发髻上的插物。知道吗，那很普通很常见的牵牛花，有另一个名字叫“朝颜”。它早晨开放，阳光初照时便闭合了。它是天上织女的化身，每当清晨，她唤醒牛郎，牵牛耕田呢。

花的状态，花的传说，美与美叠加，让人感动，流泪。朝花夕拾，透着对生命的警醒，使我知道，生命是何其绮丽以至梦幻。

这世界，妙不可言。万物万类，其美，或秀色长久，如松柏常青，溪流不息；或稍纵即逝，如电光火石，白驹过隙。旦夕之华，瞬间之灿，短暂吗？悲戚吗？不！瞬间之华和经年之荣是一样的美，一样的摄人心魄。生命的华丽不在时日的长短，一如仙人花、昙花、木槿。哪怕是旦夕之华，也要开出灿烂和荣光来，把美，留在人们心里。

（注：此文因观赏仙人花照片有感而写。写作前参阅了《花卉百科》一书。）

教育，守护孩子的童心

有一次，在一所学校的走道上，我看见几个孩子蹲着聚在一起，看着地上的什么。我走近他们，唔，原来在兴致勃勃地观察蚂蚁搬家呢。其中一个孩子还掏出衣袋里的一点儿面包屑，放在蚂蚁来去的路上。“搬呀，搬呀，快搬到洞里去！”他们催促着蚂蚁，语气和神情透着十二分的认真和诚恳。

前几天在另一所学校，一位老师告诉我，下课的时候，教室里忽然飞进了一只小鸟。鸟儿可能是累了，也可能是胆小，竟不知越窗而出，躲在课桌底下抖动着小小的身子，惊恐地望着围拢来的学生。一个男孩伸出手指放在嘴边，示意大家安静，别惊吓了小鸟，然后他轻轻地捧起鸟儿，走到窗前，手一伸，送鸟儿飞出了窗户。教室里顿时一阵欢呼：“回家啦！回家啦！”接着是议论纷纷：“这是什么鸟呢？”“它怎么会飞到教室里来了？”“它认识回家的路吗？”……

还听说过这样一件事。秋夜，月光皎洁。池边，一个孩子弓着身，小心地探出双手，准备去掬起水中的那轮明月。一个大人走过去，提醒孩子：“月亮在天上。”“我知道。”孩子答道。“水中的月亮只是天上月亮的倒影，是捞不起来的。”“我知道捞不起来。”“那你为什么还要捞呢？”“捞着好玩呗！”孩子天真地说。

儿童自有他们的天性：好奇、好玩、至善、至真，而且有各自独特的禀赋。这些儿童，几乎每天都在我们的学校里，活跃在我们的身边。

我们会觉得蹲在地上看蚂蚁搬家的孩子们不讲卫生而去驱散他们吗？我们会觉得捞月的孩子傻吗？我们会认为为了一只飞入教室的小鸟而忧心忡忡的孩子们幼稚可笑吗？

这很值得自问，因为这涉及儿童教育的初衷和教育者的责任。

其实，孩子的成长跟自然万物的生长是相似的。秋色烂漫，桂花在树上吐蕊怒放，香气四溢，那是因为有秋阳秋风的照拂；百鸟啼鸣，啁啾宛转，因为它们有栖息的家园；给马儿一片大草原，它们就可以四蹄撒欢，自由奔腾。有人曾试验遏止桂花过浓的香气，结果香气是改变了，花色竟由金黄变成了褐色，成了花中另类，丧失了观赏和药用的价值。还有，谁都知道，圈在马厩里饲养的马，是不可能成长为日行千里的铁骑的。

扼杀童心，忽视禀赋，是残忍的事情。可怕的是，这样的事，在我们的学校和家庭里不说“天天在出现”，也是“时有发生”。

不是有些老师非但不鼓励还设法阻止孩子们去观察那些与分数无关的自然界的小事吗？不是有老师对儿童一次次地问“为什么”感到厌烦和不以为然吗？不是有一些人热衷于在朋友圈里替孩子拉票，有意无意地引导孩子去打捞利益、打捞名誉吗？呜呼哀哉！

不忘初心，对学校教育来说，有一个题中之义，就是尊重和守护孩子的童心和他们各自的禀赋。

现在我们常常说起“熊孩子”和所谓的顽劣儿童、智障儿童，其实这些孩子中的绝大多数只是天性的不当释放，环境和条件不利于他们正常发展。如果我们能对他们有重新的认识，不吝赏识的言语，导之以行，是可以使他们得到个性的健康发展和学业进步的。

上海有一所“瀚文小学”，他们开设了“自由悦读、巧手制作、科学创意、游戏健身”四大版块的童心课程，坚持进行国家课程和学校课程的统整，加上教师“守护童心，尊重禀赋”观念逐步形成，学校取得了长足的发展，许多所谓的熊孩子也改变了面貌。

我们每一个教师都应当有这样的信念：那些观察蚂蚁搬家和探问小鸟奥秘的孩子中可能有将来的童第周、李四光和钱学森；那个捞月的孩子有可能成为未来星空的探索者，或者是富于梦幻与情感的作家与诗人，未来的老舍、茅盾、臧克家……他们，都应该也完全可能成长为崇德至善、才学卓著、奉献人类的大写的人。

我们，教师，放下身段吧，到孩子们中间去，那是一片童真的天地，精彩纷呈。

我们，教师，充盈一颗仁爱的心，到孩子们中间去，那里有令人惊喜的教育资源，丰富，生动。

我们，教师，真诚地去欣赏每一个孩子吧，他们都是独一无二的，都是我们中华民族未来的希望。

我们的工作很平凡，但无上荣光。

我们的责任重大。让我们把四个大字写在自己的座右铭上：守护童心。

习字

做学生的时候，我对写字很感兴趣，无论是钢笔字毛笔字，都很认真地练习。老师常在我的习字本上用红笔圈圈，有时候还把我的习字本放在讲台上让同学们看，于是我收到了许多羡慕甚至有点儿嫉妒的目光。

现在回想起来，那时写的字其实是很稚拙的，既没有法度，也没有笔势，甚至连工整规范也说不上，仅是态度认真而已。初中教我语文的张老师，字写得也不怎么样，但笔画清秀，绝不潦草，这可能对我影响颇深。

开始临帖习字是进了师范以后。语文老师周先生是年过半百的女性，常年穿一件对襟中式上衣，戴一副眼镜，温文尔雅，写得一手好字。她黑板字中规中矩，但速度极快；钢笔行书笔势纵放，隽逸潇洒，很有女性的娟秀之美。我看过她写书法条幅，操觚落墨，恣情用笔，行草连接，写得典雅，字如其人。

周先生学的是黄字（黄庭坚），楷书写的是柳体（柳公权）。她说，柳体虽难学，但字体健劲雄强、棱角分明、顿挫有力、掩映顾盼、气宇轩昂，人称“柳骨”。她要我临帖，先学柳字，每日一页，不可懈怠。

我那时少不更事，虽想习字，但懒散得很，且兴趣不专，写诗、画画、唱歌样样都玩，学什么都浅尝辄止，没有恒心。我不懂得，学习书法，坚持临习碑帖是登堂入室的必由之路，而且必须临古代碑帖，不光是笔临，还要心临和背帖，长此以往，方能得书法真谛。老师的话我并没有牢记在心，习字断断续续，临帖也随心所欲，一会儿柳体，一会儿欧体、颜体。后来又嫌楷书严谨，书写很慢，竟又玩起了行书，模仿黄庭坚、苏东坡等名家的字，弄墨舞笔，肆意泼写，结果可想而知，什么都没学会。

一晃几十年，张老师周先生早已作古，我也由黑发少年变成垂垂老者。回首往事，儿时的许多志愿没有实现，其中就包括写字，由此，常感痛惜和悲哀。这正应了那句古语：少壮不努力，老大徒伤悲。

教师的职业，天天要写字。即使在今天这个信息时代，手写汉字也必不可少。汉字文化是中华瑰宝，作为一个中国人，不能写出像样的中国字，总觉得有愧于华夏子孙的称号，何况我们还有教书育人的天职，一字一语无不影响着学生的成长呢！周先生在天有灵，一定会为我的碌碌无为而憾恨的。

退休以后，我开始规规矩矩地习字了。一张宣纸，一支毛笔，一本字帖，一个老者，朝阳下，夕照里，袅袅茶烟，构成了一幅习字的图画。不为怡情，不为养生，只想实现儿时的志愿，不负先生的期望，丰富自己的学养。“亡羊补牢，犹未晚也！”

我重拾楷书柳字，临《玄秘塔碑》，也兼练行书，仿黄庭坚和文徵明的字。《玄秘塔碑》是柳书中最露筋骨者，沉着挺拔，撇笔锐利，捺笔粗重，集欧体之方和颜体之圆，细微之中极富变化。我之所以学黄庭坚和文徵明的行书，完全是被它的润美潇洒所征服，心生仿效之意，蹈书写之乐。

几年的练习，我的字稍有长进，竟也有亲朋好友向我索字，这让我惊喜不已，并心生惶恐。爱美之心，人皆有之。书法，如今已是一大时髦。欣赏书法，不管内行外行，都反映了社会文化气象的更新和进步，是一大好事。

我不敢说学书法，只说习字。习字而至书法，长路漫漫，需要付出毕生的心血。我自是卑微，才粗学浅，无有造化。以愚钝之笔，凭虔诚之心，游走于汉字书写的汪洋大海之中，如偶有所得，幸矣，快哉！

欧阳修曾曰：“明窗净几，笔砚纸墨，皆极精良，亦自是人生一乐。然能得此乐者甚稀，其不为外物移其好者，又特稀也。”值此中华新时代开篇之时，我叙写习字之经历，抒发文化自信之情怀，期盼更多朋友尤其是年轻的老师跟我一样习字，从中得到幸福感、获得感，岂不乐哉！

字，是无彩的画，无音的乐，无行的舞，无言的诗，让我们习字吧，用我们美丽的心写出美丽的字……

作文的巧合

入夜了，天黑了下来。窗外，蟋蟀在唱歌。我没开灯，月光照进屋来，泻在桌子上，幽亮而又清冷，我刚看完了某小学四年级一个班的学生作文，心情不好。这些作文，好多篇错别字之多令我惊讶，字写得惨不忍睹。那些欠通的语句和读之无味的叙述露着狰狞的面目总在我眼前晃来晃去。天更黑了，秋凉如水。我一个人坐着，任夜色包围。

我心情不好，更与一件巧合有关。

上个星期，另一所小学的教导主任交给我一沓青年语文老师的下水作文，一共二十一篇，其中十二篇是职初新教师所写。主任要我看完后提些意见。坦白地说，我看后很失望。好作文是有的，但屈指可数；不好的作文却是大多数，有的竟也跟学生作文一样，别字连篇，语句不通现象严重，记叙平淡，读之味同嚼蜡，更不必说书写漂亮，构思巧妙，立意深远了。

我无意批评这些学生和老师。这些学生习作是课堂上写的。老师的下水文也是现场所写，限时完成，我不应对此有过高期望。但总觉郁闷，忧心忡忡，犹如秋风袭背，寒意阵阵。这是职业感情使然吧？

这是个巧合，学生和老师的作文，不是来自同一所学校，但存在相似的情况。虽属偶然，却有着必然的联系。

老师和学生的作文现状不容乐观，这跟阅读和习作是有关系的。读得少，也就吸收有限；写得少，也就缺乏必要的习练。吸收有限，没有倾吐的资本；缺乏练习，下笔就如有千斤之重，铺展不开。

我们的语文课，较多的还是关注于课文内容，学生跟随着老师的一个一个提问，游走在故事情节之中，很少去关注作者是怎么写的，为什么要这样写。许多语言的养分出现在我们面前，我们却视而不见，更不要说去迁移应用了。

阅读，是不能只限于课内的。小学生课外读书少，一直是个大问题。许多学校图书馆建设得漂漂亮亮，藏书也丰富，却只是个摆设，学生不能自由地去阅览，也没有时间去阅览，老师也很少在班级里开展各种读书活动。学校本应是书香浓郁之地，但现在许多学校师生，眼中大约只有那可怜的一本教科书吧！

今年暑假过后，我曾问过一位老师，两个月写过什么文章，她说出去旅游了，先去了国外，后去了外地，没时间写。我还曾问一个五年级学生，暑假里看了几本书。他回答说一本，因为老师要他们写读后感。我无语，不问了。

学生写不好，自不必去怨怪他们。老师也写不好呢，何况学生！

现在许多新老师在大学里学的专业并不是语文。他们有的学园艺，有的学建筑设计，有的学行政管理、商业营销。我曾经问过一位女老师，她是随军家属，以前学的是烹饪！也难怪他们，当语文老师实在是勉为其难。当他们踏进学校，做起这个行当的时候，是满怀梦想，要当一个称职的好老师的，只无奈一走上讲台，大量的教务工作和分外活开始缠身，他们也就无暇顾及自己的修身了。现在，有几个语文老师，在课余，在家中，舞文弄墨，以写为乐，以文会友，辛勤笔耕呢？老师自己不爱写，不多写，写不好，无笔耕之情趣，少为文之体验，怎么去影响学生、教导学生呢？

老师在学校里虽说也写些文章，但那大多是教育论文、经验总结、教学案例一类应用性的文字，跟文学类的作文毕竟有区别，况且，用有些老师的话来说，这一类的文章是可以用“剪刀加浆糊”的办法来写就的，能与创作性的随笔、小品、杂感、游记、诗歌、小小说、日记等相提并论吗？

作文教学向来是个难题，研究也少。我觉得提高孩子们的作文能力根本的办法是多读多写，而老师应当做表率，以自己的博学多才去影响学生。好老师是这样铸就的，好学生也是这样培育出来的。

不知道校长、教导们能不能创造些条件，让我们的老师静下心来，多读些书，多读些文章？对新老师更要多些偏爱。教育是需要安静的环境的，需要慢节奏，缓缓地来。我以前教语文课的时候，班级里有读书组，有文学社，每星期的壁报都有征文，每学期都油印一本习作的小册子发给家长和学生。我自己爱写自不必说，我所带教的老师，他们多读多写，现在比我爱写会写的人很多，他们学生的作文都是不错的。

行笔到此，我的心亮堂起来。一吐为快之后，期盼和希望驱散了深秋的寒意。我打开了灯，我笑了……

作文教学：兴趣、扫描、评改

时下，风格迥异的作文教学流派名目繁多，各种作文教学论点也如雨后春笋般涌现出来，场景热闹，大言声声。许多年轻教者不禁觉得“乱花渐欲迷人眼”，择之，却不知所措。

在我看来，完全可以不去理会。作文是综合性的言语表达，是语文教学的目标之一，根本的培养方法是读和写。

南京有一所秣陵路小学，手写小报是他们的办学特色（请注意，是手写）。该校人人编小报，班班有报社，年级有总社，学校有通讯社和电视台。他们每两周出一期小报，包括班级的、年级的、学校的，全部由学生手写手绘而成，稿子全由学生采编或撰写。小报在校园张贴，还送到家长、社区、商场、幼儿园和其他学校。

手写小报，就要写字写文章，就要搜集资料和信息，就要关心周围的人和事。这是他们学校的拓展型校本课程，也是核心素养提升的抓手。

知道吗？他们办了二十年！二十年，手写小报办出了该校三至六年级学生作文的优良率分别达91%、94%、90%、97%（二〇一五年期末区检测统计，报载）。在报刊发表学生作文年平均三百多篇，作品获奖无数。

看，作文就是这样练出来的！一个小学生在校六年，写了多少小报稿件？读了多少报上文章？收集了多少校内外的信息素材？

所以，要坚信一条，带领孩子多读多写，这才是作文教学的正道。

那么，是不是就不要上作文课、不要教学生怎么写了呢？非也。我认为，小学老师培养学生写的能力，主要抓三条：兴趣、扫描、评改。

兴趣自不必说。秣陵路小学办手写小报，在语文教学这一范畴来说，是项语言实践活动。他们的激励和奖励措施多种多样，学生、老师乐在其中。有写的兴趣，学生就会去学，去钻，走上一条成功成才之路。

扫描，包括三个方面。一是指导学生观察，在观察中提高写的能力。有一次，上作文公开课，我抱了一只温顺的小猫进教室，引来笑声一片。我让小猫跟小朋友们见面，让每个孩子都抱抱它，抚摸它。然后，我把它放在讲台上，拿出事先准备好的一盆鱼，让小朋友们观察小猫吃鱼时的动作和神情。在小朋友们观察的时候，我假扮小猫，自言自语，引来满堂大笑。猫吃完了鱼，连盆子也舔干净了，我抱着它，走到小朋友中间，故意以猫的口吻与小朋友们对话，分享吃鱼的快乐。结果呢，各种精彩的“猫语”和“童话”的对白就在课堂内上演了……我的学生喜欢上作文课，因为好玩。我和他们一起扳手腕，比手劲；一起折纸飞机，到操场上飞；一起捏橡皮泥，写泥塑。我们还一起吃杨梅，一起“斗鸡”，一起拔河，一起比赛谁“啊”的声音喊得长……在活动中教给孩子观察的方法其实还不是主要的，最要紧的是感受一种心情。情动才会辞发，学生才会言之有物，言之有情。“扫描”的第二点是让学生随笔作文，要求他们自己去发现作文的素材。我们不能一味地给学生“喂素材”，那会扼杀学生习作的潜能，学生应当有一双会发现的眼睛。这就需要指导学生“扫描生活”，每天扫一扫，每天写几十个字的素材记录，写什么都可以，以此促进学生自觉表象活动的发展，逐步获得稳定的、鲜明的印象。这种印象越稳定越鲜明，也就越有利于加工成内容真实、具体形象的好文章。第三点就是“描一描”。坚持每周选一个现实的素材，描写一段它的细节。这种片段化的细节描写的效果跟学生的即时记忆有关，所以一定要及时，不能拖，要“趁热打铁”。

扫描是一种有效的作文教学活动。你的班上有作文素材超市吗？有细节精品观赏台吗？有同一素材描写的比拼吗？有生活扫描小能手评选吗？如没有，你不妨试试。

评改，是作文能力提升的重要手段。评改的方法多种多样，但一定要遵循几个原则。一是融指导于评改之中。学生要先尝试写，而后再讲评，这时的讲评就是指导，而且切合实际。所以，不上单纯的指导课，而是上评改指导课，这样，往往有事半功倍之效。二是自改和互改结合，老师不包办代替。三是作文评分宜宽不宜严，采用等第制。

作文教学的花花绿绿世界虽是好看，其实看到底，看透了，也就四个字：多读多写。如果一定说我概括得太简单，那就再跟上四个字：持之以恒。任何一项技能，都是锤炼出来的，千锤百炼，才能成钢。秣陵路小学坚持办手写小报二十年，才有了学生作文写字的可喜成果。一位老师一个班级的成长同样需要一个历练的过程。不忘初心，坚持不懈，方得始终。现在有些学校，拍拍脑袋想出一个项目，组织几个人关门编写一本课程，然后就宣传了："这是我们学校的特色！"特色在哪里？我们见到人了还是见到了过程？其实，距离特色还远着呢！唔，扯到别的地方去了，就此搁笔。

秋暮，残景如画

农历十月了，寒意日甚，落叶遍地，鸟虫稀声，多彩的秋天渐渐步入迟暮的时日。

秋暮，是季节转换的必然。人留不住匆匆而去的时光，拉不住四季更替的车轮，这不免使人沮丧。然而，秋之将逝，并不尽是一片萧瑟。大自然是神奇的，它让细心的人惊喜地发现，十月秋暮，竟残景如画，有一种别样的韵味。

那天下午，我外出回家，走进小区，忽然发现，在已枯黄的一片草地上，竟冷不防地长出了一小堆青翠欲滴的野菜，圆圆的叶子，匍匐在地，像几只玲珑小巧的翡翠玉碟，煞是可爱。我环顾四周，发现在水沟边，道路旁，也有这样的几丛野菜，在这北风劲吹的寒天，竟是生机蔚然，出类拔萃！在我的边上，一团团弯曲的兰苋草在寒风中抖瑟。我看见，在它们的环抱中，竟长出了几朵不知名的野花，或黄或白，隐隐地闪烁。它们娇小可怜，却挺立着身姿，在兰苋草的衬托下骄傲地舒展着小小的花瓣。

呵，秋的残景，凋零之美，充满生命的力量！

秋暮，百花逐渐谢幕了，就连婀娜多姿、争奇斗艳的菊花也渐渐过了花期，次第枯萎了。它们的条条缕缕、张张片片的花衣掉落了一地，那不曾褪去的红、黄、紫、白，那尚未变化的弯、勾、卷、曲，绚烂如故，缤纷依旧，满满的，是对生命和美的眷恋。我想起李商隐的《落花》诗："肠断未忍扫，眼穿仍欲归。芳心向春尽，所得是沾衣。"诗人感慨花有通灵之性，凋谢零落，它肝肠寸断；无奈归去，也对春光望眼欲穿。那留下的花衣和不褪的色彩是它伤心的泪呀！

早梅却是开放了。小区后面有一家幼儿园，园内有几株梅树。暮秋十月，梅花开了，满树洁白，香溢园外。"一树寒梅白玉条，迥临村林傍溪桥。不知近水花先发，疑是经冬雪未消。"在这秋暮清冷、长天寂寥的日子里，它显得孤傲、坚贞。

上海有极多的落叶步道。那天无事，我在陕西南路上闲逛。这条路不长，连绵数百米的街道，一幢幢精致的欧式小楼掩映在围墙内绿树丛中，高高的银杏树矗立人行道上。秋风中落下的银杏树叶，撒满了道路，一地金黄。银杏叶，重重叠叠，挤挤挨挨，不染一点灰尘，像千万只蝴蝶在聚会，又像万千叶小舟待启航。我走在落叶上，沙沙，沙沙，像是秋的咏叹调。捡一片落叶，她依旧泛着金色，在秋阳下闪着亮光。呵，谁说凋零一定悲凉，谁说暮日必然凄清？玉骨冰肌未肯枯。这纷纷扬扬的银杏叶，用最后的生命铺就了梦一般的金色地毯，绘画出城市别样的美貌！

秋暮，残景如画，何止是野菜小花争妍，何止是落花落叶飘飞呢？古诗句为我们描绘出更壮阔更迷人的景象："明月松间照，清泉石上流。""高树晓还密，远山晴更多。""落霞与孤鹜齐飞，秋水共长天一色。""呵，这秋暮，不仅有色彩热烈的花草缤纷，不仅有诗意浓郁的落叶金毯，还有那风霜浸染的山色、飞瀑奔泻的激溅，那枫叶的飒飒歌唱、莺啼的呢喃絮语，还有那人间的欢笑！"

极目远眺，放眼天地吧！王安石词曰："登临送目，正故国晚秋，天气初肃。千里澄江似练，翠峰如簇。征帆去棹残阳里，背西风、酒旗斜矗。彩舟云淡，星河鹭起，画图难足。"壮美啊，山河！秋暮之美，实非残景。马良神笔，岂能画尽画足？

师生之间

一九七七年，我在上海一所中学任教。那时，“文革”才结束不久，学校还很乱，恢复教学秩序是头等重要的大事。校领导把二十多个“问题学生”编成了一个班，取名“跃进”，交由我来带并兼教语文，准备一年后送他们毕业出校。这二十多个学生男多女少，年龄均在十六岁左右，其中有因为打群架或偷窃被公安机关处理过的，有受人诱迫而犯有生活作风错误的，有常在社会上游荡现在被迫返校读书的，甚至还有刚从“山上”被放回来的。也有几个作风较正派的学生，算是渗沙子进来吧，但学习基础很差，文化程度很低。这是些被“文革”耽误和祸害的学生，他们都还是些孩子！管教这些学生的难度是可想而知的，我感到压力巨大，任务艰巨。

现在回想起来，那是一段很难忘的经历，虽然仅仅一年左右。

下面的这三个故事，就发生在这个“跃进班”里，发生在我和这些学生之间。它们是真实的，只是有些细节可能由于时间久远的关系有些出入。

一张小纸条

语文课。我刚刚范读完课文，发现坐在后排的一个女生罗同学在偷偷地写什么东西。我不动声色地走过去，原来她在写一张小纸条。我把它没收了，展开一看，上面赫然写着班上一个男生的名字，还有几句肉麻的表示好感的话。我火了，拿着纸条的手都有些抖，怒目以对。“你……”，我这个“你”字一出口，全班男生女生都哄起来了，特别是那几个唯恐课堂不乱的男生。他们大声地喊：“老师，念出来，快念出来！”“写的什么呀？念啦！念啦！”我瞟了一眼罗同学。这是一个长得秀丽可人的女孩，以前有过一些“劣迹”，但不严重。自从开学上课以来，家里管得严，没有旷课现象，学习态度一直不错，成绩嘛，也还过得去。只见她埋着头，脸涨得通红。此刻，她正偷眼看我，大概是在猜想我会不会把小纸条上的内容公布于众吧。我从她的眼神里看出她复杂的心情：含着哀求，也好像已准备接受即将到来的难堪和不可预测的后果。我又瞟了一眼那个男生，他做梦也不会想到这张小纸条与他有关。我转过头来望着全班学生。说是全班，其实今天有几个人没来上课。那几个旷课的学生可不是省油的灯，他们如果知道了这张小纸条上的敏感内容，一定会闹出不小的动静来。十六岁，正是好奇和青春萌动的年龄呀！这时，教室里已安静下来，学生们齐刷刷地望着我，渴望得知这张纸条的内容。

我已冷静下来。自从接手这个班，我夜以继日，走访家庭、里弄、派出所，苦口婆心地和学生交谈，动之以情，晓之以理，做了不少工作，课堂秩序已基本正常，学生们和我相处得还算融洽，对我没有什么过分的抵触和对抗。罗同学今天的行为其实也没有什么可奇怪的，她身上的青春萌动比其他学生要强烈，这跟她以前所受的诱惑和有过的遭遇有关。这是她成长路上的一个坎，必须要有人引导她走过去，使她的身心健康地发展。一个十六岁的女孩，精力充沛，思想简单，内心敏感，外界对她的吸引是巨大的。现在她好不容易开始把心思放在学习上，但冰封三尺非一日之寒，要她没有厌倦，没有反复，不动一点儿歪脑筋，简直是不可能的。现在对于我来说，保护她的隐私，尊重她的自尊，应该是最好的选择。我们师生之间未来的彼此信任和沟通，可能就在此时我的一念之间。我吐了一口气，笑着问学生："你们真的想知道吗？"学生们一致地点头。"其实是两句再普通不过的话。"我缓缓打开纸条，大声念道，"听老师的话，做一个好学生！"轰的一片笑声！当然也有不怎么相信的，但谁也没有追问。罗同学呢，虽然我没看清她的表情，但确信，她肯定大大地舒了一口气。

继续上课。罗同学显得很不专心，先是不停地摆弄那支刚刚用来写小纸条的钢笔，后来又似乎在写写画画的。但我没有再打扰她。下课后，罗同学追了出来，塞给我一张小纸条，什么也没说就走开了。我很疑惑，这个小罗，居然又写小纸条了，而且是写给老师！展开纸条，几行端端正正的字出现在眼前——孙老师，你是我见过的最好最聪明的老师。谢谢您！我一定听您的话，做个好学生。

后来，我们师生之间有过很多次的交谈。她进步很大，顺利地完成了学业，毕业离校。

这以后，我没有再见过她，但小纸条的事和她的名字我并没有淡忘。

去年五月的一天，我乘110路公交车去一所学校。上车后，女驾驶员朝我望了好几次，突然叫了声："孙老师，还认得我吗？我是你以前的学生呀！"我怎么也不会想到眼前这年逾半百的女驾驶员就是当年那个秀丽可人的女孩罗同学！近四十年过去了，岁月的沧桑印上了她的脸庞。她已退休，但还在干。驾驶座的上方，一面"共产党员先锋岗"的旗帜在阳光里熠熠生辉。

有什么比这更令我欣慰的呢？我的心中涌上一种莫名的感动。

打架事件

带"跃进班"这一年，两次和学生一起下乡劳动，各两星期。我们去的那个地方叫杨行公社桂家木大队，离学校大约三四十公里。现今那个地方已经没有乡村，只剩地名了，地铁可以直达。可上世纪七十年代，那里是郊县，交通不便，感觉路是很远的。

第一次下乡，学生新鲜，开始时相安无事，但过了几天，他们就熬不住了。当时，男生住在仓库里，睡在稻草垫的木板上。女生好些，分散住在老乡家里。吃呢，是我们借生产队猪棚里的大炉灶自己烧的，菜由我带几个男生到镇上去买，饭菜的质量可想而知。于是，谎称有病偷懒不出工的现象经常出现，有个别胆子大的学生竟不辞而别逃回市区。

第三次下乡正值夏收农忙的季节，蚊虫叮咬，干活劳累，学生更难管理。班上有个男生杨同学，长得高大壮实。他除了打架没有什么"前科"，干活很卖力，不怕苦，为人也比较正直，就是性格倔强，脾气急躁。那是一天晚上，杨同学和人打架了。原来，有两个男生想趁着天黑溜之大吉，被杨同学发现了。那时候学校有规定，下乡劳动是必修课，逃跑是要写检查受处分，影响毕业的。杨同学是好心，赶去劝阻，不料一言不合，他就开打了，先是把一个小个子男生打倒在地，又和另一个扭打在一起。对方挨了杨同学重重的几拳，鼻血流出来了，抹了一脸。我赶到时，边上已围了不少学生，还有几个农民。我当时的第一反应当然是劝架，制止斗殴。于是我分开众人，拉住杨同学，高喊着："不许打架！不许打架！"可有什么用呢？我根本拉不住正在气头上的杨同学，倒被他手臂一甩，我人没站稳，一个趔趄，跌倒在边上的水沟里，一身污泥，皮肤擦破，脚腕扭伤，半天爬不起来。那个狼狈相，真是别提了。我受的伤比挨打的学生要重，几乎难以迈步，脚钻心的疼。

一场斗殴因为老师受伤自然地化解了。想逃跑的学生没跑成。杨同学呢，自知闯了大祸，躲在仓库里，后悔不已。学生们议论纷纷，猜想杨同学这下要倒霉了，其中不免有幸灾乐祸者。

校领导和老师们的意见是给杨同学记过处分，因为他把同学打伤了，还不听劝阻，使老师受了伤，败坏了学校声誉，影响很坏。

要不要处分杨同学，关键在我。我是班主任，又是"受害者"，一言可以"定乾坤"。那时候，为了整顿学校秩序，学生受处分是要张贴布告并且进档案的。"文革"结束不久，拨乱反正，以人为本的观念尚未树立，一个人的档案可以影响毕业、升学、参军、就业甚至一生。“档案档案，人生开关。它好你开，它坏你关！”它可不管你只是个十六七岁的青涩少年，只是个尚未成人的中学生！

杨同学错了吗？错了。他不该打人，还把人打伤了。他错了，不该不听劝阻，还使老师受了伤。可他的错是有原因的。他是为了阻止同学逃跑，维护学校纪律，避免同学犯错误。虽然他的方式方法简单粗暴，不计后果，却是情有可原。至于我，出点洋相，受了点伤算得了什么呢，他是无意的呀！理智告诉我，处理一个学生要慎之又慎。作为老师，我可以不分青红皂白、盲目地维护自己的尊严、泄自己的一时之愤吗？不。教师的职责应当是摒弃个人的得失，为学生的健康成长创设有利的条件，开辟畅通的渠道。我的意见，可能影响着他的成长，甚至一生的前途。杨同学当然应该吸取教训，吃一堑长一智，改掉急躁粗暴的脾气，但他的正义感必须肯定，应当保护。在我们这个班里，像杨同学这样的学生不少，虽然表现不一，但在他们成长路上的一些关键路口，我们要十分谨慎地对待。拉一拉他们，他们可以柳暗花明；推一推他们，他们可能就此前路茫茫。

于是，我再三地呼吁，据理力争，不要处分杨同学，并且教育杨同学深刻地检查，争取主动。

这件事的结果，杨同学只是写了检查，作了口头道歉，没有受处分。那两个想逃跑的学生也作了检查。事后，我与他们都作了深入的交谈，耐心细致地做了思想工作。

一切归于平静。意想不到的是，打架事件之后，班级里麻烦的事大大减少，无论是劳动还是返校后上课都顺顺当当，我和学生之间的关系竟更融洽了。

几年以后，杨同学在工作单位里报名参军，成为了一名海军战士，在舰艇上服役，守卫祖国的海疆。我至今还保留着他寄给我的照片：一身戎装，目光炯炯，魁梧英武——一个最可爱的人。

我常常想，学生是各有秉性和特质的，他们成长的路上会有风风雨雨，沟沟坎坎。我们教师的责任，就是给他们阳光。阳光下，学生的底色可以生出灿烂来，美丽动人。

安　怡

“跃进”班上有个女孩子安怡，是那几个掺沙子进来的学生之一，年龄比其他学生要小。她身材瘦小，脸色苍白，说话细声细气，学习很差，上学几乎天天迟到，还常常请病假。我曾问过她的母亲，安怡是否有病或者家里有什么特殊困难，她母亲说没有，就是孩子体质差，早上起不来，动作又慢。我多次找安怡谈话，要她培养早睡早起的习惯，动作快点，学习用功些，但没有什么成效。班级里事情多，我也就对她无暇顾及，然而对她的迟到和学习不努力颇为不满。

那天早晨，安怡又迟到了，作业也没完成，我很气恼，冲着她大声训斥：“班级里好多同学都进步了，唯有你总是迟到，不做作业，屡教不改。你还要不要毕业？要不要前途？”安怡低着头，眼泪汪汪，顺从地任我大肆发泄。我继续“教育”她：“学习是你自己的事情，不要以为体质差就原谅自己，不求上进！去，到我办公室，把昨天的作业补好了再来上课！”

两节课后，安怡把作业交给我，并向我请假，说头昏，要回家睡觉。我瞧她那病恹恹的样子，泪水在眼眶里打转，就问她是不是今天老师的批评重了，她说不是，老毛病了，总是头昏头痛。

第二天，她母亲来替她请假，说安怡病了，需要一段时间治疗和休息。这时，我才意识到自己做得过分了，可能昨天安怡已经生病了，而我还劈头盖脸给了她一顿倾盆大雨般的训斥。

过了些日子，安怡来上学了，依然如故，我也一次又一次耐不住性子，或重或轻地训她。唉，恨铁不成钢啊！

过了几天，她母亲又来了，说安怡生病了，比较重，需要休学，住院治疗。我在吃惊之余，暗自庆幸，班上少了一个成绩很差的学生，丢掉了一个包袱。于是，我把本想去探望安怡的打算丢之脑后了。

我那些学生，大多住在学校附近的“柳营新村”里，消息传得很快。期中考试的前一天，几个学生告诉我：“孙老师，安怡她昨天……死了……”

我心里一颤，手上的教科书和笔记本差点掉落地上。下午，我和几个学生一起赶到殡仪馆。安怡的母亲迎上来，用哭哑了的声音对我说：“您这么忙还赶来送安怡。谢谢，谢谢……”

安怡的遗体躺着，瘦小的身体大约因疾病的折磨显得更小了，被褥只是微微地隆起。她的脸庞经过殡殓师的处理，泛着从未有过的红润。嘴角有一丝下斜，可以想象她死前的痛苦。我知道她再也不会感到头昏头痛了，一切都已离她而去。我望着死去的安怡，眼前恍然出现的竟是她生前的模样：苍白的脸，怯怯的眼神，委屈的泪水，还有那细声细语……可如今，一朵花过早地凋谢了！这太突然，太意外了！我的眼泪夺眶而出。

她母亲告诉我，安怡五岁就患了白血病，医生说最多能活四五年。为了让她有个宁静的生活，一直没有告诉她，也没有告诉任何人。在家人的陪伴下，她竟奇迹般地活了将近十年。在病床上，她常想着学校，想着老师，盼望病好了回学校读书。她真的想好好学习，不迟到，不缺席，每天完成作业，可力不从心……这些话让我心如刀绞。在安怡的遗容前，我抑制不住，哭出了声，同学们也哭了。

我怀着一颗内疚、负罪的心离开。永远定格在十五岁的安怡一直在我的眼前、我的脑海里出现，泪眼盈盈地望着我，似乎在委屈地对我说："老师，不是这样的，我不是这样想的，你不了解我……我想上进……"

那一天晚上，我怎么也睡不着，总想着殡仪馆里见到的死去的安怡——瘦瘦小小的遗体，从未有过的红润的脸庞，还有那四周撕心裂肺的哭声、低回的哀乐。我总想着我那一次次劈头盖脸的训斥和她那眼泪汪汪委屈的样子。

时光流逝，几十年过去了，我和安怡之间的事早已成为历史，但她一直在我的记忆里活着，我一直在心里对她说："对不起，安怡，对不起……"

冬的阳光

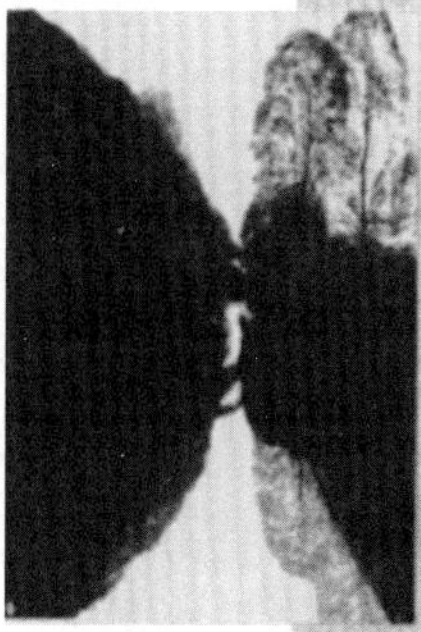

喝茶洗心

冬天了，朔风凛冽，寒气袭心。于是，喝茶，暖暖身子，抵御寒冷，独饮悠然，二三成趣，偷得浮生半日闲，在清静之中享受清纯雅致的美妙茶境。这是一种乐趣，也是一件雅事。古人曾云：“自扫竹根培老节，愿携茶具作清欢。”这是一位儒者冬令喝茶的喜好。

古人认为，茶是有生命有来生的。曾经青翠欲滴，然后含笑曲卷，遇见了水，浸润洗礼，再绽清新，淡雅馥郁。你看，那叶，在清澈的水中翻滚飘逸，渐次舒展开来。水，沾染了茶的芳香；茶，被水缓缓滋润，一杯清香在你的周围弥散。这就如同人生，有幽、冷、寂、苦的本质，也有鲜、活、新、嫩的生机。

喝茶，清、静、净。清，一杯清茶，窥见蓬勃欣荣的大自然；静，远离尘世的喧嚣；净，拥有了一个复归内心、沉思自省的小天地。

烦躁时我们喝茶，心宁静下来。“世间本无事，何必自扰之。”

愁苦时我们喝茶，心坦然开来。“浇腹有余润，洗心无俗情。”

孤寂时我们喝茶，心开朗起来。“彻见万家春象，欣逢人间知己”。

得意时我们喝茶，远虑升上心田。“行百里而半九十。”“沧海一粟，何足挂齿。”

我有一友，成都人，喝茶之后总不忍将茶渣丢弃，而是细嚼慢咽。问其何味，答曰：“微苦微涩，然苦中微甜，涩而有爽，如人生况味。”又有一友，谈及喝茶，曰：“春喝花茶，清香扑鼻，犹如春之气息；夏喝绿茶，眼前恍若万木葱茏；秋冬喝红茶，醇郁甘洌，饮之，满腹温暖。”又道：“人生跟茶有一比：年少是青涩的龙井，年长是甜润的碧螺春，年迈是醉人的铁观音。”

哦，这喝茶之境，竟是另一个人生。骄傲，迷茫，挣扎，不甘，妥协，梦幻，安然……浮生不过如此，茶理也是人道，喝茶乃可洗心。“卷帘见天地之心，对茶得江湖之性。”茶是花博士，茶是和气汤，茶是治疗心灵的药。喝茶，不止为取暖，不只是待客。商品大潮中的喧嚣尘世，需要茶经常洗涤我们的心。

我喜欢喝茶，不为附庸风雅，只为静心。休息日宅在家里，一卷在手，花生一碟，清茶一杯。读书品茗。那茶，似魔幻一般，每每入口，书中所述，便浮现眼前。那山川风景，那喜怒哀乐，随茶汤一一潜入心里。举杯与书中人同饮，与心灵对话，我浸淫在书的意境之中，忘记了周遭一切，书、心和茶产生共鸣，融为一体。

我写作时，必得喝茶，烟助我思考，茶给我灵感。茶水，或清淡，或浓烈，饮之，是一种唤醒，像是心性里流淌的一泓清泉，引领我回忆，搜寻，思考，记叙，修改，以致佳句频出，斐然成章，虽然文笔尚欠嘉美，不奢想玉堂金马登高第，但还是希望高山流水遇知音。茶是有灵性的，喝之心定，喝之情生，边喝边写，文思泉涌，记录下生活中的精彩瞬间或无奈的苦涩，生命中的点滴记忆和感悟终串成思想的项链，使心在一行行文字中跳舞，让情在一个个故事中荡漾。于是，一次次地完成自我的洗涤。

这是我喝茶的体验，呵，喝茶，洗心，真好！

大墙内外

一

那天，寒风凛冽，飘着零星的雪花。我们的车在公路上疾驶。窗外的田野一片肃杀，偶尔可见的菜畦被霜雪覆盖，白皑皑的。枯叶落尽的树，光秃秃地伸向阴沉的天。我们此行的目的地是位于松江九亭的上海少年犯管教所，那是一座专门管教二十岁以下少年犯的准监狱。百老德育讲师团和上海市公安部门组织我们去参观并与里面的失足少年结对帮教。

车上同行的，有的是文艺工作者，有的是科技界人士，有的是曾经的劳模，他们一路欢声笑语，似是去游览什么风景胜地，唯有我们几个老教育工作者，还有几位红军、新四军老战士沉默不语。我知道大家的心事：十六七岁，二十岁左右正是自由奔放的岁月，正是在校求学的年龄，是什么使这些少年身陷囹圄，必须接受强制的管教？他们所处的这个管教所是个怎样的地方？他们会受到怎样的管教？这是我们出自职业或者说使命担当的一种敏感。

管教所有高高的大墙，墙的顶端有铁丝网，厚重的铁门将它与外界隔绝，门口有守卫的武警。走进去，又经过两道高大的铁门，寄放好携带的包袋和身上的饰物、手机，佩上参访者的标牌，我们来到大墙里面欢迎我们的会场。这是个礼堂，里面早已齐刷刷地坐着数百名受管教的少年犯。我们列队进入，他们全体起立鼓掌，那齐刷刷的整齐一致的动作，那机械似的鼓掌的节奏，那我从未听闻过的震耳的掌声，着实令我吃惊。我左手这边站着的是女生，大约有上百人吧。这些女孩大多面容姣好，但神情严肃，穿着一式的浅蓝色棉衣，上面有一个显明的标志和编号，我看不到女孩子惯常的那种灿烂可爱的笑。看着这些花季女孩，我心软，忽然泪水盈眶，一种怜悯和哀叹的冲动涌上心头。

会开得很简单，主要是一男一女两个少年上台汇报思想，然后是老红军代表的期望和所长的讲话。我坐在前排，没有认真听台上的发言，不时地回头张望。我一个一个地望过去，想从他们的表情和动作中捕捉到一些感兴趣的信息，但很快发现，这些孩子中没有一个人有自己的动作，也没有一个人与我双目对视的。他们都正襟危坐，齐刷刷地望着台上，专心致志，一次又一次整齐地使劲鼓掌。这让我又一次惊讶！这大墙里面，一切都是刻板的，规整的，严肃的，连鼓掌的节奏和力度都像事先规定了一样。这些年龄不一、性格各异的少年，他们的坐姿、神情和注意力都这么统一，没有任何自由的顾盼和个性的表达。我不禁想，这就是所谓失去人性自由的表现吧。

我既觉得这一切理所当然，又感到严冬般的冷峻、可怕。我简直不敢想象，这些花季少年在这个大墙之内，怎么捱过长长的与世界隔绝的铁窗岁月；我也难以想象，这里的管教干警如何日复一日、年复一年改造这些越过道德底线，触犯法律尊严的罪错少年……

会议结束后，雪停了，天空放晴，大地明亮起来。接下来的参观和帮教结对活动是我终身难忘的，因为我见识了一所特殊的学校，认识了一群特别的老师，心灵受到极大的震撼。我这才知道，我前面看到的冷峻、可怕只是表象，这大墙里面，实际上涌动着人性关怀的热流。这热流，沸腾，滚烫，使那些失足少年原本冰冷、阴暗甚至死寂的心温暖起来，明亮起来，活了起来。他们在这儿的几年甚至十几年，并非生活在冰冷严酷的铁窗之内，而是始终生活在人道的温暖和希望之中，灵魂的重塑之中。他们在一群特别的老师的诱导、教育和帮助之下，重拾起做人的决心和信心，洗涤身上的污秽，与过去告别，一步步走向新生的彼岸。

二

且让我写下参观的见闻。

我想不到监狱里竟有文化学习的课堂，而且不是一间，是一个楼面，四间！这些犯罪少年被判刑后送来这里，可以按原有的文化程度选修从小学到高中的课程，除法制专门课程外，他们学的跟大墙外的学校完全一样，也可以通过考试升入高一阶段学习，获得毕业证书。教他们的老师是大墙外公办中小学的优秀教师，义务施教，还定时前来为需要者补习。

我也想不到，这里有供少年犯们学习的电脑房和各种技能学习的工坊。我后来帮教的对象就是在这里学会了电脑初级编程，掌握了电脑绘画设计，具备了一技之长的。

我还想不到的是，这里的心理咨询辅导室不光有耐心细致的言语疏导，不光有供少年犯消解心头烦恼的沙盘、沙袋，还建立了全部管教少年的心理辅导档案。我翻开那些蓝色的档案资料，一份份心理分析，一张张咨询记录，一篇篇对策报告，详详细细，写得密密麻麻。最引人注目的是那一个个管教干警的签名，清晰工整，绝不潦草，让人感到他们认真负责的工作精神。

管教所里还有电视室、图书室、文艺室、排演房，还有一个偌大的操场。每天早上，少年们到这里列队做操，跑步，然后半天学习，半天到工场劳动，完成每天的生产任务。

我特地去看了他们的宿舍。它完全不是我脑海中的那种阴暗狭小，门窗上都装有铁条的监舍，而是明亮的居室，每间四人，双层床，储物柜、写字桌等一应俱全，洗漱用品摆放成一条线，整齐，干净，门窗上并没有安装铁条。这些，我更是想不到。

……

我的笔无法尽述这里的一切。管教所为这些服刑的少年提供了人道的待遇，处处体现了少年罪犯改造的特殊性，为他们的自新自立创造了良好的条件。

我一边走，一边看，心中只是意外，只有感动。

让我写一写这所特殊学校的老师吧！

在这里担负管教任务的公安干警都很年轻。他们中一部分人长驻所里，每个月休息四天；另一部分人上海有家，每星期回家一次，有任务的时候一个月都不回家，每天的工作时间是完全没有八小时的概念的。

管教工作极其艰巨。少年犯罪的原因是错综复杂的，对他们的改造除了制度管束和纪律强迫，更要耗时间，耗精力，讲智慧，用良知去唤醒，用心去换取。这些特别的老师，他们是一群法律的坚定守护者，但他们也柔情似水，充满着无私的爱。

我在“光荣陈列室”看到了烈士沈成勇的事迹。一天，工场里劳动正热火朝天。一块大木板由于螺丝脱落从高空中掉了下来，不偏不倚朝一个正在干活的少年罪犯的头上落下。沈成勇正站在边上。危急关头，他一个箭步冲过去，使出全身力气把少年推开。少年刚离开原地，只听到“轰隆”一声闷响，大木板像一把大砍刀猛烈地砍向沈成勇的头颅，一声惨叫，他倒在血泊中，那个被推开的少年，虽是一脸惊恐，却安然无恙。而沈成勇，经全力抢救，终无力回天，光荣殉职，留下了年轻的妻子和六岁的女儿。

我在烈士的遗像前伫立了很久，心中有一种说不出的滋味。他是大墙里面那些特别的老师的先进典型。这就是用鲜血和生命在挽救失足少年的公安干警！这就是从事着另一种特殊教育的可敬的老师!

还有一组数字我至今记忆犹新，那是所长和政委在介绍情况时告诉我们的。为了了解少年犯罪的深层次原因，干警们走出大墙，走访了两百多户家庭和上百所学校，还有街道里弄，足迹遍布十一个省份，行程上百万公里。为了较顺利地安置刑满离所回归社会的少年，干警们长途跋涉就更多了。

这就是大墙里面滚烫的热流，这就是那里面人性的关照！几百个乃至上千个罪错少年最终改邪归正，回归社会，从此重新做人，他们的背后，有多少人为此付出了艰辛的劳动，甚至付出了泪和血！这劳动，这血泪，与山河同在，与日月同辉！

我初次踏入少管所距今已经五年了。大墙还在，特殊的学校还在，特别的老师一定换了，但管教和帮助也一定还在。亲爱的特别的老师们，你们好吗？假如今天再让我走进大墙里面，走进那个响彻着震耳掌声的礼堂，见到那些穿着蓝色衣裳的犯罪少年，我一定会有另一番情感的冲动在心头的。

我忘不了那些特别的老师。对他们，我的敬佩和崇拜永在。

三

现在，我们聚焦一个个体，从另一个视角来看大墙内外。

那天下午，作为一名社会志愿者，我有了一个帮教对象：小江。当他站在我面前，称呼我“老师”的时候，我心中为之一震。人生阅历七十年，我还从未与一个抢劫杀人的罪犯面对面；教育生涯半世纪，弟子无数，我还不曾带教过这样特殊的学生！这是个十八岁的少年，长得五官端正，穿着深蓝色的监服，着一双平口的胶鞋，浓眉下那两只眼睛透着一些忧郁，也含着几许期待。他显得有些尴尬，强露出一丝笑容，在我面前站得毕恭毕敬。

我先前已经知道，他籍贯安徽阜阳，不到十六岁就辍学来上海找活干。无奈年龄小，没有手艺，工作遍寻无着，又不肯回家，带来的少量的钱用得差不多了，一下子没有了经济来源，成天在街头游荡。终于，他心生歹念，铤而走险。一天晚上，他带了凶器，来到了“上海歌城”一家门店，抢劫收银台的钱款。岂料收银员虽是个女的，却胆大力大，一边高喊，一边拉住他不放。情急之下，他凶相毕露，竟捅了收银员一刀，致使收银员受伤。最终，他被以抢劫杀人罪起诉，判刑十年。因年龄未满十六周岁，移送少管所服刑管教。两年多了，在管教干警的教育帮助下，他表现尚好，已三次减刑。我认识他的时候，他的刑期还有四年半。少教所有个规定，年满二十岁，如果刑期还有三年及其以上，将移送提篮桥成人监狱关押改造。小江已不在此例，何况只要继续表现好，还有减刑的机会。

小江对自己的罪行已有认识，对大墙内的生活也已习惯，和其他人相处甚好，他为什么忧郁呢？杨管教告诉我，是刑满释放后怎么办，出路如何，路在何方？

他跟父亲、兄嫂的关系不好。他父亲是乡村小学的民办教师，收入微薄，家中主要的经济来源靠兄嫂。他哥哥初中未毕业就辍学了，承包了一个鱼塘。兄嫂跟他父亲的意见相左，唆使他不要读书，出外去谋财路，如此可以减轻他们的负担。而他读书的学校居然也不阻拦，随他而去。现在他犯罪了，他兄嫂，他念过书的学校，邻里乡亲，都恶语相向。他父亲气愤，伤心，绝望，无心教书也无颜教书。两年多了，他父亲一次也没来探望过。他母亲呢，目不识丁，天天在田间劳作，还备受儿媳的欺辱。

少管所的干警是很关心他的，多次与他父兄联系，还千里迢迢到他家中去了解情况，协调关系。我的工作，主要是安抚他的情绪，教育他做人从善，鼓励他学习文化和本领，准备重返社会后能自食其力。按照规定，他每月给我写一封信，我则每半年到大墙里面与他长谈一次，尽力疏导，教育。我建议他学习电脑技术，想不到后来真派上了用场。

小江后来因多次超额完成生产任务，又减刑半年。二〇一四年五月，他就可以恢复自由了。

四月，皖北大地春意盎然。我到蚌埠开会，受管教所委托，在会后我去了一趟小江的家。

那是阜阳乡下一个偏远的村庄。小江的兄嫂已与父母分家了。他父母住的是破旧的土坯房。这位乡村民办教师的家我实在不忍目睹，里面黑暗不堪，家什凌乱，地面是坑洼不平的泥土。一共两间房。前面一间做饭，吃饭，堆物，放一张瘸腿的方桌，两条长凳。墙壁已熏得漆黑。后面一间是卧房，有一张旧的长条桌，桌上一盏用报纸做罩的台灯，还堆着一些书报。我设想小江的父亲一定就是在这里备课改作业的吧。蚊帐已经破了。房子里唯一有些生气的是墙上的一个木镜框，里面有几张师生的合影，还有小江兄嫂的照片。没有小江的，我猜想，是他父亲拿掉了！

我不想一一细述我与小江父母那次辛酸而又艰难的谈话，他母亲的眼泪让我心碎。可能是同为教师，又都希望小江有新生的未来，他父母对我充满了感激，答应在小江出狱时去上海接他。我见到了他哥哥，看了他的鱼塘，看了他新盖的敞亮的瓦房。那个凶悍又不近情理的嫂子只答应小江回家后在他们的鱼塘干一年活，拿点生活费，吃自己的，一年后必须自立门户，他们再不负责。人情之薄，薄如纸。血缘之亲，也难挡一己私利。悲哀啊！我们这些与小江毫无亲缘、素昧平生的人做的是他的亲人本该做的事情，负的是他的亲人本该负起的责任啊！

从小江的父母那儿出来，我步行了很长一段路才乘上长途车。疲惫和孤独包围着我，那一路春光烂漫的景致引不起我的兴趣，心中的压抑难以言表。

一个多月后，小江被释放回家了。我没有去送他，据说他父亲确实是去接他的。半年后，小江给我来过一封信，说他已离开兄嫂的鱼塘，在阜阳一家民营电脑公司找到了一份工作。他说："我再也不会在外面闯祸了。我对不起你们，对不起被我伤害的那个阿姨。生活告诉了我很多，我会做一个好人，会奉养好父母亲，报答你们给我的恩情。"

这是我和小江最后的联系。这以后，小江就杳无音讯了，像断了线的风筝。可能他不想再麻烦我打扰我了吧，而我呢，也觉得人间没有不散的筵席，随他自己去过日子吧。我只是心中默默地祝福他，人生的路还很长，要走好走正直了，前途会有的，一切都会好起来的。当你好起来的时候，别忘了家乡破房子里的双亲啊！

我再没去过少管所那高高的大墙里面。大墙内外的故事留给我许多许多思考。论年龄，我已经度过了大半个人生，这些思考，是需要用一生去进行、去寻找答案的呢！

想念母亲

今日，小寒，天阴沉沉，冷雨霏霏。宝华寺内，孤清，冷寂。许愿树上，有许多黄色的许愿尺素，风中摇曳。我取了绢纸，写下心愿，给远去了天国的母亲："妈，愿你眼明心静，在天国一切安好。"然后挂上枝头，托风遥寄。

二〇一六年前的农历十一月二十六日，也是小寒，也是阴沉沉的天，寒风凛冽，母亲永远离开了我们。在医院病房，我嚎啕恸哭，长跪不起。望着母亲布满皱褶的苍老的脸和她那紧闭着的干涸的眼睛，悲痛的泪水奔涌而出，在母亲的灵前流淌。

往事如烟，儿时的很多事记不清了。但母亲年轻时那曾经清澈如水的眼睛却清晰地印在我脑海里。我四岁的时候，家乡大水，一片汪洋，家里的水有齐腰深。母亲把我放在木盆里，她站在混浊冰凉的水中，扶着我，还要随时去抓住漂浮在水中的物品。她的眼神担惊，惧怕。我不记得她是怎样费力呵护了我，直到大水退去，保住我小小的生命。

我们是上世纪五十年代初迁居上海的，至后，母亲过了一些年安稳的生活。五十年代后期，父亲离世了，家里一下子困窘起来，此后的十多年里，母亲那娇弱瘦小的身躯挑起生活的重担，含辛茹苦，养育我们兄妹四人。她终日在里弄生产组劳作，还把活儿带回家，在昏暗的灯光下做到深夜。她省吃俭用，常在灯下缝补我们的衣裳，打补丁、接裤管、换领子。她在大雨滂沱的夜晚背着妹妹奔跑着去看病；她一桶水一桶水地拎上楼为弟妹洗澡……她无依无助，常常以泪洗面，眼睛总是红红的。她不断地擦，擦，视力越来越差……

那个时候，母亲就是我们家中的灯，照亮我们的路，点亮我们的心。也许徽州的女人都有这样的品格吧，她们婉约，但坚韧，强忍着，压不垮。步入中年后，母亲的目光渐渐黯淡，眼眶干枯，泪流光了，力使尽了，人渐渐地老了，但仍倔强地担着我们兄妹生存的重担，满怀着对我们的希望和期盼。

往事难以忘怀！母亲晚年的内心是极其痛苦和无奈的。那时，我们已成人成家，日子渐渐好起来，她本可以安逸度日，颐养天年，可她的双目却越发不行了，虽经手术治疗，仍无效果，渐渐地看不见了，几近失明。母亲的眼睛，那原是怎样的明亮啊！二泉映月就是那样的吧？碧波荡漾就是那样的吧？蛾眉粉黛就是那样子吧？可如今，她像染上了一层浓重的霜，无论风怎样恣意和柔情地吹，也吹不开；也无论我怎样靠近，哪怕靠成零距离，她还是眯起眼，像看正午的太阳。我每次和她说话，她都是摸我的脸，摸我的手，摸我的衣服，说我瘦了或是胖了，说我怎么不刮胡子，说我老了……她常常说："我真想看看你们，看看你们现在的家呀！我看不见了，看不见了……"她无望地对着我们，然后一声声地叹息。

有什么词汇能表达我们的愧疚呢？有什么言语能安慰母亲那痛苦甚至破碎的心呢？

母亲离开我们已很多年了，我们家从她算起，已有了四代人。母亲的爱是无言的。母亲的恩情深似海，它化为我们这几代人安好的今天。每次到她的坟上祭奠，看到她遗照上那明澈透亮的双眼，我总想起泰戈尔的诗句，"死如秋叶的静美"。母亲在天国里和父亲在一起，她一定又有了明亮的双眼，一定静静地微笑着看着我们，看见我们的幸福和欢乐，知道我们再不会重踏她曾经历过的苦难。

我想，我们的孙辈会记得我们的母亲和她生前的故事的，因为我们还在。但以后的几代，就很难说了。一代一代人在世间走过，渐渐地成为了历史。历史是很神秘的，进入其中，我们只能小心翼翼地摸索着前行：我们来自何处？我们的祖先是谁？他们的生命历程是怎样的？我们的血管里流着几分祖辈的血？

我家是这样，家家都是这样吧？我们的民族又何尝不是这样呢！

喊山的心愿

二〇一八，新年伊始，每个人都有心愿。因为心愿，所以幸福的憧憬荡漾在人们脸上，铺天盖地的祝福声在世间回响。在网上，十八岁的美好被晒得五彩缤纷，隆重热烈，晒得我们这些早已不年轻的生命心里痒痒，嫉妒羡慕得稀里哗啦。我想，晒十八岁，不论是青葱少年还是耄耋老人，无不是在青春许愿，逐梦美好吧。

其实，普通百姓，芸芸众生，心愿只是平凡的，说不上远大，就像生活洪流中一朵朵小小的跳跃着的浪花，实在，真实，美好。

湖北卫视有档节目叫《瞻望》。新年第二天，它播了一则报道，标题是：喊山。

大山里有一所小学校，只有一二三年级，学生不过二十人。小林老师到这儿支教，住在学校里。每天清晨，她都被远处传来的一声声喊叫惊醒，喊叫些什么她听不清，但可以断定是一个男孩的声音，凄厉，悠长，带着哭调。这喊声，在星期天午后也会出现，分明是从学校对面的山上传来的。她问了几个学生，都说这是三年级的一个男孩在喊山。喊山是什么？他们告诉她说，就是站在山上，对着远处，大声地叫喊，声音传出去，又被山传回来，很有趣的。

男孩喊山就是因为好玩吗？那为什么每天清晨都要去喊呢？

学校里的学生都是留守儿童，这个男孩也是，家就住在学校附近，男孩的父母都出外打工去了，每年只在春节前回家，住上半个月，然后又背上行囊，走出大山，去打拼生活。孩子和奶奶留在家里，留守的奶奶和留守的孙儿，一老一小，相依为命。小林老师经过家访，知道男孩家中的物质条件并不差，但冷冷清清。奶奶尚未年迈，但体弱多病，家务活大多由这个三年级的男孩承担。每天清晨，他都要早早起身，担水做饭，准备好早饭和中午的饭菜，料理好家务，然后上学去，总是第一个到校。

那天，小林老师起了个大早，赶到男孩家附近。她尾随在男孩身后，见男孩独自一人爬上山崖，站在一块大岩石上，望着远方的山，远方的天，用足力气，高声地呼喊：“爸，妈，奶奶又生病了，你们啥时回家呀？你们啥时回家呀！……”他喊着，喊着，哭了。然后，他又一声声地喊。那喊叫声嘶力竭，在山间回荡，传得很远，很远……男孩知道，他的父母就在山外。高山挡住了他的声音，他要高喊，再高喊，让父母听见。他要让高山传递心愿，让父母快点回家。小林老师想，男孩心中有刻骨铭心的思念，有热烈急切的盼望。她内心升起怜惜和疼爱的感情，一个心愿涌上心头，她要给男孩宽慰和温暖。

过了几日，小林老师让孩子们写了篇作文《妈妈》。这个男孩写得不错，虽话语不多，但字字句句出自内心，于是小林老师表扬了他。那正是星期六。第二天，男孩又上山了。这次小林老师想让男孩“实现”一下自己的心愿。她爬上了男孩对面的山头，躲藏了起来。男孩又喊山了：“爸，妈，你们听见了吗？老师表扬我写的作文啦！老师表扬我写的作文啦！你们听见了吗？听见了吗？”他一遍遍地喊，童声在山间变成了洪亮的颤动的回响。突然，他听见了清脆的女声：“听见啦！听见啦！你是好孩子，我们爱你——爱你——”男孩无比地惊诧，他四处张望，寻找着声音的来源。小林老师站了起来，在对面的山崖上朝他挥手。他看见了，看见了，两边山崖上的人，都泪流满面。

心愿是什么呢？是一声声的喊山。

心愿是什么呢？是让山里留守的儿童感觉温暖。

世间有许多的美好，心愿就是；世间也有不少的缺憾，心愿可以在心灵上冲淡它，弥补它。

我们怀有着美好的心愿，是因为我们相信，伟大的新时代为我们提供了实现美丽梦想的可能，是因为我们感怀，在我们的周围有许多温情的双眼和友爱的手关注着我们，为我们支撑。

祝福喊山的孩子，也祝福小林老师！小林老师也一定有自身追求幸福的心愿，但她心中对山里留守孩子的关注、抚慰和祈盼，是不是更有意义，更为美好呢？

冬天的阳光

三九严寒，一年中最冷的时候。

一早，就有人敲门。开门一看，是楼上的张婆婆。她披着棉衣，白发被楼梯口的寒风吹得散开来。老人一脸的焦虑，急急地说：“孙老师，我家小玥发高烧了，39.4℃，她父母不在，我又不会叫车，急死人啦！你……你能帮个忙吗？”小玥是她的孙女，父母均在外地工作，由张婆婆一手带大。我忙宽慰她：“冷空气来袭，感冒发热的孩子很多，别急，别急！这么冷的早晨，又是高峰时段，叫不到车的。我儿子送滢滢上学去了，儿媳在家。我马上打电话叫她开车过来，送小玥去医院。”

三楼的王阿姨扶着小玥下来了，在我家稍坐。不一会儿，我儿媳开车来了，于是一阵忙乱。目送他们远去，我心中默默祈祷：一切安好，小玥平安！

朔风冷雨，刮了一夜，下了一夜，今天，放晴了，太阳露了出来，但气温在零摄氏度以下。窗外的樱树伸着枯瘦暗黑的枝干。银杏也骨瘦形销了，那残叶像晚春的黄蝶，这里那里地点缀着。路面结冰了，寒气袭人。

我出门到居委会去，今天支部开入党审批会。我原以为审批的一定是年轻人，不料是位五十多岁的里弄干部。我认识她，在小区里经常见到她的身影：清扫落叶有她，慰问孤老有她，调解纠纷有她，宣传禁毒也有她。上星期，她站在小区门口，帮助居民登录微信“社区通”。寒风中，她不厌其烦，手把手地教。亲切的微笑，耐心的讲解，把社区精神文明建设的温暖送到人们心坎上。这个同志身上，有一股信念和奉献的热流啊！审批会开得很热烈。当书记室布全票通过的时候，会场里响起热烈的掌声。这掌声，连同她脸上激动和幸福的笑容，泛起阵阵的暖意，驱散寒冷，使室内春意盎然。

从居委会出来，走在街上，我看见绿园小区门口的“胖子理发店”贴出新海报了，红底黄字，格外醒目：二〇一八，男士理发还是五元。春运回乡外地客，凭车票和身份证，免费服务。这家理发店很小，借用小区门卫室旁边的半间房，十平方米左右，专为附近的居民服务。店主是个胖子，四十多岁，苏北人。五元的理发费在现今的上海滩是很少见的，他坚持了十一年。店内，一架小型的取暖器开着，转着头，“吱吱”地响，暖融融的。几个顾客倚墙而坐，还有几位晚来的顾客无插足之地，只能在门卫室里等候了。

阳光照进理发店，照在胖师傅的脸上，明亮亮的，红彤彤的。胖师傅一边干活，一边和顾客拉家常，一脸的笑容。窗台上有一盆水仙，早早地开花了，嫩白的，纯纯的，立在水里，如凌波仙子，煞是可爱。

绿园小区对面的人行道上，有一群男士围在一起，中间有两位棋手正摆棋对弈，楚河汉界，车马兵卒，战得正酣。那一圈观棋人好似组成了一座围城，阻挡了寒风。人们在观棋的悠闲中，享受着暖阳，消磨着时光。

这天下午，我还遇到了一件事。一个收废品的老人，拖着车在小区里走过。楼上一个小女孩扯起喉咙大声喊："爷爷！爷爷……"老人朝上望了望，没应声。女孩又大声喊："爷爷！爷爷！"老人这才问她："你叫谁？""叫你呀爷爷，我家要卖废品，你怎么不理我呢？"老人一副恍然大悟的表情，声音柔软起来："我还以为你在找自己的爷爷呢，原来是叫我呀！好孩子，好孩子，对不起，真对不起！"

听着孩子对收废品老人亲情般的叫唤，又听到孩子和老人的对话，我一阵感动，心一下子热乎起来，让我对世间的美好充满了遐想。

我家门前有一座敞开式的亭子。两个老奶奶坐在亭子里晒太阳，嗑着瓜子聊天。她们满头的银发在阳光里闪着光亮。大约是聊到什么开心的事吧，布满皱纹的老脸笑开了，像两朵凌寒开放的雪莲。我问她们："你们不冷吗？这么大的风！""不冷，不冷，太阳里暖和。"是啊，冬天的阳光真好！

坐标

坐儿子的车，如果路远，他会用手机导航。我以前总弄不明白，在路上行驶的车有千万辆，手机凭什么能准确地为每一辆车导航呢？儿子告诉我，这是因为有卫星定位。卫星可以依据横轴、竖轴、经线、纬线的交叉、汇集，寻找到一个坐标，那个坐标就是你要去的地方。然后它为你选择最佳的路线，引导你顺利地到达目的地。

这真是了不起的事情。不过我想，如果没有了这些经线纬线的交叉、汇集，那一定也就找不到坐标了。

有一年我和同伴到欧洲旅行，来到瑞士一个叫硫森的地方。那儿有一座石桥，很古老了，几块石板连接，石板上长着青苔，两边没有栏杆，和我国江南水乡常见的那种石桥差不多。那时候，到阿尔卑斯山去，如果想走捷径，非得过这座石桥。导游看我走得战战兢兢，就过来扶我，从那长长窄窄的石板上一步步小心地捱过。我至今记得，那桥下其实没有河水，尽是些鹅卵石，大大小小，高高低低，有的地方层层叠叠。后来，听去过硫森的人说，如今找不到那座石桥了。是呀，一定是拆了。断了线的坐标，没有了交叉和汇集，也没有了人和事的参照，自然是找不到了。

时间和空间交集的小圆点，会构成一个不会漂白褪色的情境。读中学时，师范大学有几个学生来我校上课，我认识了其中一位女老师。她住在沪西愚园路一条老巷的尽头，一个光线和树影交叉的安静小院。至今，我的脑海里还有她年轻时样子：瘦瘦的，苗条曼妙的身材，戴一副眼镜，露着很好看的笑……

每个人都有一个坐标，不光是地理的，还有精神的，在心灵柔软的深处，在品行举止，生活习惯，也在学识教养。那个地方，春风如笑，夏雨如滴，秋田如妆，冬山如睡。

文人们是有自己的坐标的。沈从文说自己是乡下人。他的老家在湘西的凤凰古城。他说："一个好事的人，若从百年前某种较旧一点的地图上寻找，一定可在黔北、川东、湘西一处极偏僻的角隅上，发现一个名叫'镇筸'的小点……"海派作家张爱玲，住在沪上的常德公寓，那幢老洋房，处于南京西路与某条不太知名的狭窄小马路交会的十字路口。孙犁的坐标就在白洋淀吧，那是冀中平原上的一大片水域，那里有他战斗过的印迹，有他写进《白洋淀纪事》里的战友和乡亲。萧红呢？我们可以以东北一座叫呼兰河的小县城找到；也可以读她的自传体小说《呼兰河传》。这本书，开创了散文体小说的先河。读她的《呼兰河传》，读她的《生死场》《失眠之夜》，我们可以找到一个倔强的、命运多舛的"民国才女"

萧红。

每个人的坐标都是不相同的，散发着独特的气场和味道，不需要 GPS 导航。

我大概是很落伍的，玩微信的时间还不长。一走进微信聊天群和朋友圈，我就发现，这是一个多么精彩的天地呀，简直是世态万象，满目琳琅。

有一个朋友，总是喜欢晒他泡在咖吧里的照片，而且总是在“新天地”或者“田子坊”的星巴克。我想，借用一下沈从文的话，我们若是“一个好事的人”，是一定可以在星巴克的雅客中见到这位仁兄的。还有一位女士，是极喜欢轻音乐的。她常常在微信上推介莫扎特和柴可夫斯基的小夜曲供大家欣赏。有一次我正在写作，千思万虑不得佳句。听音乐吧！我听了一曲她介绍的幽雅轻快的小夜曲，放松心情，灵感大发，美辞涌来。哈，真得感谢这位女士呢！不知她是老是少，真想和她共叙对音乐的爱好。

人生，也是有坐标的。

最近一直在看电视剧《风筝》。党的隐蔽战线的英雄，在敌人的心脏里坚守，隐忍，还要饱受自己同志的误解而无法抗辩。但他们靠着对党和人民的赤胆忠心，义无反顾，恪尽职守，秘密地为组织传送情报，留给自己的却是默默无名，甚至冤屈一生。我想起鲁迅先生的诗：“灵台无计逃神矢，风雨如磐暗故园。寄意寒星荃不察，我以我血荐轩辕。”他们就是这样一群献身于党和人民的忠贞的战士、壮士、勇士。他们以热血荐轩辕，即使是“寄意寒星荃不察”也忍辱负重，不息地战斗。他们的英雄行为是爱国理想和信念感召的结果。他们有鲜明的人生坐标，那就是“信仰”，这信仰包含了崇高的理想、坚定的信念和无限的忠诚。无论他们在哪里，也无论处在怎样的环境中，在时间和空间的交叉点上，这个坐标是永恒的，我们都可以在这个坐标上找到他们！

“风筝们”的时代早已过去了。对我们来说，苦难、屈辱、腥风血雨、舍身取义已成历史，但社会仍在变革。《风筝》是部谍战剧，但它本质上是对每一个群众的精神和思想的拷问。在新时代的洪流下，我们渺小的生命该何去何从？我们如今的人生命题是什么？先辈的事迹和精神昭示我们：确立好我们正确的人生坐标，一生才不会虚度，生命才有价值。这样，在我们最终逝去的时候，后人可以在我们的墓碑上感受到人生坐标的闪亮定格。

老屋的青苔

青苔，是很常见的。在曲径通幽处，在迤逦小巷内，在古老禅寺边，那些能够从容走进诗意的风景里，都有青苔的写意。

前些日子，回了一次老家，置身于徽州幽深的小巷，犹如进入了另一个世界。青苔沿着青石板小径蔓延开去，墙角、石阶、屋前，轻盈的绿毫无遮掩地流淌着。阳光透过头顶狭窄的天空穿了进来，照在青苔上，我仿佛行走在清爽、静谧的水底，有凉意，也有悠长绵软的梦境。

儿时住过的老屋拆了，还未清理，那些窗棂、楹柱，据说作为古建筑文物被收购了，只剩下断垣残壁，还有萋萋青苔。这曾经的老屋，存放着我幼时岁月的依稀记忆，那些青苔掩饰下的任何一件物事，都载有令我伤感的遥遥时光。曾记得，四岁时那场大水，母亲把我放在木盆里，度过了一天一夜；曾记得，每年的春节过后，母亲和我站在长着青苔的石阶上，挥泪送别到上海谋生的父亲。

孩提时的苦难，青苔可以作证。但也有安闲平和的光景：久违的阳光透过窗棂和雕花的木门，温暖的金色投在清冷的石板地上，漾出一番美好。老妪搬出了旧藤椅倚在青苔殷殷的墙边，享受难得的安逸。孩子们手持绳鞭，抽打陀螺。刻有花纹的陀螺欢快地旋转，惹得老人们咧开嘴无声地笑。

老屋断垣残壁下的青苔，有着厚厚的苍翠的绿。老井边沿的更绿，细腻湿滑，泛着褐色。望着老屋的残垣，我眼前仿佛出现了它的昔日：黑漆的大门，高高的门槛，高峻逼仄的围墙，四角方方的天井，旖旎的黛瓦。徽州的老屋都是这样，厅堂幽深，光线昏暗，里面花木很少，只有满眼的萋萋青苔安静地铺展在各处的旮旯里，诉说着这里的古朴和封闭。青苔似乎是徽州老屋老街不可或缺的装饰。如若你到屯溪明清老街去走走，纵横交错、狭窄幽深的巷弄里，路面石板的缝隙里长着青苔，把路面明显地勾画出规则的方格。那具有明清建筑风格的民居商铺，连高高的马头墙上都长有青苔，雨雾之中，青翠欲滴，在粉墙黛瓦上点染上片片绿茵。

我不知道怎样来形容这里青苔的绿，它不似朱自清在《绿》里所写的。梅雨潭的绿葱茏而热烈，如怒放的花儿；而这里青苔的绿是淡定而浓厚的，就像水上的浮萍，又像彩墨画里浓绿的勾线。刘禹锡在他的《陋室铭》里写道："苔痕上阶绿，草色入帘青。"青苔，一点一点地轻盈染绿眼眸，芜阶翠生，绕壁点墙，直到铺进陋室，映得满室碧青。这寓意着诗人淡泊宁静的志趣和心态吧！

在我离开老屋残垣的时候，留在心头的不止是追忆，还有这萋萋青苔。我想，青苔是寂寞的，安宁的，它不争宠奢华，只需一块潮湿之地，便以它特有的繁衍方式，暗自生长，演绎出只属于自己的绝世美丽。

西方文学界有一位女诗人，姓名我忘记了。她有一句诗很有名："直到青苔长到我们唇上，且淹没了我们的名字。"读这句话，可以想象诗人追求自由美丽，淡泊名利生死，不辍笔耕的情景。他们曾经在心灵里种下清新出尘的青苔，湿润着"唇"，且淹没了"名字"，直到化为一抹隽永不衰的绿意。我们是否也可以这样呢，赋予自己青苔般的安静和淡定，做红尘一隅的一抹翠绿，呵护我们逐渐荒芜干涸的心……

自行车上的小风车

我退休以前，一直是骑自行车上下班的。先是从广延路上海大学附近的居所骑到学校，大约半个小时。后来搬家了，从政民路复旦大学边上骑到学校就要一个小时了。我的那辆坐骑，28 吋男车，骑了好多年了，又老又旧，再怎么保养也灵动不了，走起来嘎吱嘎吱响，就像一个饱经风霜的气喘吁吁的老翁。一个人骑车其实是很自在的，看看两边的风景，感受早上和傍晚市井生活的图画，偶尔也在车上想想心事，挺潇洒的。我基本上不骑车带儿子上学，那孩子沉甸甸的，带着很吃力，刮风下雨更甚，虽然我俩在同一学校，我教书，他上学。好在公交车站就在学校围墙外面，我不怕他迷路。

然而，五十岁左右有那么两年光景，我的车上却带了个孩子，他叫吴晔。我那时在闸北第三中心小学工作，吴晔是我们学校一年级的学生。吴晔的父母在河南，他跟着外公外婆在上海生活，住在西宝兴路柳营路桥那儿的一条小弄堂里。那儿是我上班的必经之地。这孩子很顽皮，在幼儿园里就是个皮大王，进了小学也坐不定，上课没有几分钟是安静的，常常上课铃响了不进教室，老师要满世界地去找。有一次，他竟翻墙到隔壁幼儿师范的操场上玩，在沙坑里挖“地道”，过了很久才被人发现送回来，而学校这边“丢了一个学生”，早就被折腾得炸开了锅一样。

这孩子有个特别的爱好，喜欢小风车，就是有几片弯曲的叶片缚在一根木棒上，风一吹叶片就呼呼地转的那种小玩具。他家里的桌上、床上、柜子上到处插着挂着小风车，有他外婆做的，有外面买的，花花绿绿，大大小小，各式各样，风吹进来，呼呼地转，一屋子都生动起来。在星期天，吴晔就和小风车玩，手举着，跑进跑出，风车的叶子在转，他抬头望着，笑着，叫着，一脸的灿烂。小风车就是他的伴。他性格孤僻，不喜欢和别的孩子玩。有一天，不知道他从哪儿得来一个“风车”，比我们平时看到的都大，足可以比得上一个小脸盆。他举着这只“小脸盆”，满教室地跑，满操场地跑，红黄蓝黑的颜色转呀转呀，在阳光里闪着眩目的变幻的色彩。他的后面跟着一大群羡慕的欢呼雀跃的孩子。他呢，笑着，叫着，乐开了花。上课了，他把风车插在课桌上，年轻的班主任把它没收了，于是那个闹呀，哭呀，简直吵翻了天！

我对年轻的老师说，这孩子父母不在身边，缺少爱，也缺乏严格的教育和细心的管理。我们要从爱和导上入手，把他当自己的小弟弟一样，打开他的心扉。吴晔的外婆我是认识的，她退休前曾是一所中学的支部书记。但现在年老体衰，送外孙上学相当吃力，不送吧，谁知道这孩子会野到哪儿去呢！于是，我主动揽下了送吴晔上学的活，我的自行车上从此有了一个孩子。

他是坐在自行车前面的横杆上的，车头的两边插上了两个小风车。左边的四种色彩，红黄蓝黑；右边的六种色彩，红黄蓝黑橙白。老旧的自行车在街道上驶过，嘎吱嘎吱响，风车迎着风，飞快地呼呼地转，绚丽的风叶变幻着色彩，像两团彩云在街上移动，飘过，也像两只小小的彩球转动，引来过路人的注目和惊讶。

这段路其实并不长，骑行只需二十分钟。我每天准时到弄堂口去接他，放学后让他留下来做功课，等我离校时带他回家。这样持续了两年，刮风下雨，天热天寒，没有间断。同事笑话说，吴晔是我的小儿子。

说也奇怪，这孩子的转变，也就在这两年车轮的滚动中，在小风车的旋转中不知不觉地出现了。当我不再骑车送他上下学时，他已是一个不再淘气、学习比较认真的三年级学生了。那自行车上的早晨和黄昏，那小风车呼呼旋转的背后，我做了些什么，是不需要一一叙述的了。

吴晔初中就读在闸北青云中学，高中的时候回到河南父母的身边，然后读了邮政大学，毕业后在河南信阳一个邮局里工作，业余时间在健身房当教练，成了家，有了孩子。他一次次要我到信阳去玩。我怎么会去呢，当教师的人，所做的一切均是职责所在，是不需要报恩的。

吴晔的外婆沈老师很长寿，现今九十三岁了还健在。在沈老师八十七岁那年，远在河南的吴晔，人生发生了很大的变故。事情发生在这一年的春节后，健身房开门营业了。那天中午时分，进来了几个彪悍的青年。这些人显然不是来健身的，因为他们进来后就盯住了一个正在锻炼的中年汉子，先是恶语相向，而后是拳打脚踢。这还不算，其中一个恶徒竟举起哑铃欲向中年人砸去，吴晔急忙上前阻止，哑铃掉下，砸在吴晔的脚背上，顿时脚面失去知觉。吴晔知道，如果任由他们这么打下去，是要出人命的。所以他不顾自己的安危，一面用身体阻挡这些人的拳脚，护住那个中年人，一面叫着："快报警！快报警！"可能是报警的呼喊惹怒了这些暴徒，其中一个五大三粗的揪住了吴晔，把他朝举重杠铃处狠狠地推去。吴晔的脚面没有知觉，站立不稳，一下子仰面摔下，撞在杠铃的横杆上，只听嘎的一声，他便倒地不省人事了。

肇事者当然法办了，但吴晔腰椎骨断裂，在病床上躺了半年。信阳的报纸登了他的事迹，邮电局、文体局表彰他见义勇为，一直健壮的吴晔却直立不起来了！

当吴晔的外婆告诉我这些的时候，突如其来的祸患震撼了我，巨大的悲伤涌上心头，我流泪了。

很多年又过去了，我的那辆老旧的自行车早已不知去向，吴晔外婆的家里，他小时候玩过的小风车一定还在吧？吴晔现在应是将近四十的中年人了。他一切还好吗？腰伤痊愈了吗？能直起身子走路了吗？

我常常想起自行车上的那个顽皮的孩子。我相信孩子是可塑的，相信爱的力量。那自行车上的小风车多美啊，左边一个四彩的，右边一个六彩的。车走啦，风来啦，叶儿呼啦啦地转，在阳光下，像两团彩云，像两只彩球，在街上移动，飘过……

暗恋桃花源

农历岁末，友人约我聚会。他说，中山公园旁边的龙之梦楼上有一家名叫“暗恋桃花源”的餐厅，环境幽雅，菜品上乘，食客纷纷慕名而来。我们不妨去那儿一聚，暂别闹市的喧嚣，感受一下魔都中的世外桃源，做一回陶渊明笔下的“渔人”。这很合我意，于是欣然前往。

我到时，这家餐厅已顾客盈门。我原想，进桃花源餐厅，一定也如《桃花源记》所述：“忽逢桃花林，夹岸数百步，中无杂树，芳草鲜美，落英缤纷……林尽水源，便得一山，山有小口，仿佛若有光……初极狭，才通人。复行数十步，豁然开朗。”进得店内，我特意走了一圈，寻找那桃树林，那水源，那缤纷鲜美的花草。现实是，这餐厅局促，逼仄，虽有不少分隔开的雅座，但通道狭小，灯光幽暗。商家意欲仿古，所以青砖铺地，窗户做成亲水外眺的式样。但这里一无桃树，二无水源，芳草踪迹全无，更不用说视野“豁然开朗”了。我大失所望。友人却不以为然，说：“你别忘了，这里叫暗恋桃花源，不叫桃花源。暗恋，就是让你在这里就餐，心中想起桃花源那世外之地，心生恋念。在繁华的大上海，寸土千金，哪里会有你想象中的桃花源呢！”这倒也是。这暗恋桃花源的店名是多么富有诗意啊，让人存多少遐想，可惜名不副实。店家若在墙上挂一幅《桃花源记》的书法笔墨，或者有几帧世外桃源的山水画卷示人，也多少让食客有些念想，聊以自慰吧！我从餐厅出来的时候，看见有一艘仿制的小船摆在一条貌似河道的水泥坑洼中，里面点了蜡烛，有两个人坐在里面就餐。说是坐，其实只是盘腿席地，有点像是日式就餐，也有点像坐绍兴乡下的乌篷船，低矮得很，腿盘着，腰伸不直，头抬不起，坐着实在不舒服，更不必说就餐了。真是不伦不类！我实在想不出这餐厅的环境幽雅在哪里，友人说来这里感受都市里的世外桃源，真是幽默和调侃。如果说，在繁忙浮躁之余，来这里觅一雅座，二三好友，聚首小酌，附庸一下风雅，倒也是可以看作暗恋桃花源的。哈，权当如此吧。

陶渊明的笔下，世外桃源“土地平旷，屋舍俨然，有良田美池桑竹之属。阡陌交通，鸡犬相闻。其中往来种作，男女衣着，悉如外人。黄发垂髫，并怡然自乐。”陶渊明对田园风光和隐逸生活的描写是他个人志趣的寄托，表现出他的理想和抱负不能实现的苦闷和彷徨。现代都市人对桃花源的暗恋和追求反映出一种心态，即追寻安逸和与世无争，即使是短暂的，甚至虚幻的，也趋之若鹜。现代社会生活节奏快，人们太需要慢下来，喘息一下了；现代社会生活太紧张，太浮躁了，人们太需要舒缓下来，平息自己的情绪；社会生活中友爱和诚信的缺失，也使人们太需要亲和及怡然自乐了。这些都无可非议。商家深谙此道，“暗恋桃花源”的名字成功地俘获了人们的心理，怪不得这儿顾客盈门，摩肩接踵。人们并不在乎这儿是不是真有点像桃花源，只是“暗恋”而已，满足聊慰都市病的心理需求。

这让我想起几年前，曾经有好些人热衷于寻找香格里拉，那种心情，是不是跟这差不多呢？类似“暗恋桃花源”的商店名字在都市里屡见不鲜。我们走在街上，一些古怪的或者有趣的名字常可以收入眼帘：太平福地（茶餐店）、爱的港湾（酒店）、甜蜜的梦（面包房）、田园风光（蔬菜店卖场）、歇一歇（足浴店）、家的感觉（居民大食堂）……只不过“暗恋桃花源”的名字文雅有内涵，比许多俗气的名称文气得多。所以说，“暗恋桃花源”是一种生活的调剂品。现在许多都市人一到假日就外出旅游，这跟欧美一些国家的人已经没有什么两样。旅游，娱乐，休闲，不也是生活的调剂品吗？

昨天我看到一则报道：《坝美村：现世之中的桃花源》。在云南，真有这么一个神秘而美丽的小村子，它就是云南文山州广南县的坝美村，一个被群山隐藏了多年的小村落，一个现实里的世外桃源。

这个村子四面环山，进出村庄只有村前村后两个几公里长的石灰熔岩水洞。乘着小船，一点撑篙，清影随波皱起，驶向幽幽洞口。随着洞口渐近，眼前的景色豁然开朗起来。几平方公里的土地，群山环绕，静谧中透着安然。初春，这里桃花盛开，漫山遍野的油菜花金灿灿的，浓浓的田园风光让人沉醉不已。小孩子们在浅水里玩耍嬉戏，老人们在休憩闲聊。夕阳西照时，村庄升起袅袅炊烟，偶尔传来鸡犬之声。这里的人们日出而作，日落而息，生活平淡而恬静。这跟桃花源记所写何其相像！我想，喜欢旅游的人们何不去那儿“偷得半日闲”呢？在福建泉州市郊的聚龙山麓，据说也有这样一个地方，不但环境优美，而且居民们邻里和睦，友爱相望，夜不闭户，亲如一家。据说，有一些人已在坝美村和聚龙小镇置地买房，准备长期居住了。这似乎是当了繁华都市的逃跑者，于人生来说，是愤世嫉俗，逃离现实了。真是林子大了，什么样的鸟儿都有，随他心缘吧。不过，别忘了，现今早已不是陶渊明写《桃花源记》的那个时代了，暗恋可以理解，享受，太奢侈也不切实际吧！

拜年

在旧中国，过年对于贫穷百姓来说是个“关”，俗称“年关”。除夕前，债主上门逼债，常常闹出卖儿卖女、上吊自杀的惨剧。“朱门酒肉臭，路有冻死骨。”在老板的店里或厂里要想谋个稳定的差事，过年也是一关。老板一般在腊月二十三左右，象征性地请员工吃年夜饭，如果被请到，明年的饭碗就还在；没被请到，则表示被辞退了，除夕时要卷铺盖走人。吃到老板的年夜饭，也不表示明年的饭碗一定保住了，还得给老板家拜年。中国人的习俗，拜年是大年初一的事，所以这些吃了老板年夜饭的员工，如果家不在上海，年初一是回不了家的，只能在年初一的下午匆匆踏上返乡的路——家中的老婆孩子盼星星，盼月亮，望眼欲穿呢！

给老板拜年，要在年初一上午九时以后，因为老板一家无论老少，除夕守岁，睡得很晚，早去的话，老板一家还未起身呢，是不开门的。

一九四九年农历岁末，上海下了场大雪。大年初一早上，鹅毛大雪纷纷扬扬，目之所及，白皑皑一片。朔风凛冽，天寒地冻。我父亲当时在上海一家赛珞璐厂当职员，吃过了老板的年夜饭，这天得去拜年呀！说拜年，其实就是给老板家送礼。父亲带上事先备好的火腿、绍兴酒、糕点等冒雪出门了。一袭旧长衫，一顶黑礼帽。大雪天雇不到黄包车，只能走着去，顶着刺骨的寒风，踩着湿滑的冷雪，一路艰辛，一身雪花。

对于一般的职工，老板是不见的，送来的礼物由管家或家属收下。我父亲是会计，算是老板比较倚重的人，所以能向老板当面拜年，寒暄几句，喝上口茶。但那拜年的情景却是老板高高在上，我父亲千恩万谢，哪里有什么平等、友爱、和谐可言！他归来的时候，一身雪花，满脸的倦色，那件灰色旧长衫的下摆上沾着许多的污泥……

父亲跟我说的这些往事，我至今记忆犹新。年初一，大雪天，父亲勾着身子，背着“大礼包”，独自在雪地上蹒跚，为的是一份差事，一只饭碗，一家人的生活……每想到这里，我的眼眶就热。

现在，没有这样的年关和拜年了，时代早已翻过了那辛酸和屈辱的一页，但拜年作为民族节庆的一种仪式还在，并且永远不会淡出我们的生活。大年初一，人人早起，穿戴整齐，走亲访友，相互拜年。拜年时，长幼亲热，邻里相坐，亲友相聚，“未语遇人先半笑，新年惟道百般宜”，“过年言好事，出口称如意”。鞠躬，握手送你吉祥，盼你康健，祝你万事顺心。老乐，少欢，互相期待明年。古老的拜年礼俗，维系着我们民族的根脉，延续着对传统文化的拥有和依据。

今年农历新年前夕，习主席到四川，深入大凉山腹地，看望贫困群众。他在少数民族群众的家里，给老人拜年，嘘寒问暖；和青年人亲切交谈，送上党和政府的关怀和期望。他说："我最牵挂的还是困难群众，他们吃得怎么样，住得怎么样，能不能过好新年，过好春节。"这充分表现出为人民服务的拳拳之心和共产党人的初心情怀。广大干部在十九大精神指引下紧跟总书记，紧随党中央，在工厂车间，在田间地头，在兵营战舰，在普通人的家里，慰问群众和官兵，给人民拜年，谱写鱼水情谊的动人新篇。

如今，拜年保留着传统的习俗，又不断出现新的形式，适应时代的发展和变迁。在民间，新的拜年层出不穷：单位团拜、给敬老院老人送戏拜年、微信拜年、视频拜年、联欢拜年、军民拜年、春晚大拜年……温情的互动，浓浓的年味，在寒冷的年节里滚动着爱的热流，春的欣喜。

拜年，拜年，年与年的仪式切换，人与人的亲爱互动，家与国的温暖链接。

一年又一年，传统民俗的拜年，新时代的拜年，让我们中国人不同凡响，让世界对中国倾羡。

大音希声

乌镇是著名的江南古镇，大文豪茅盾先生的故乡。春节长假，这里游人如织，我和家人也来此一游。我已不是第一次来乌镇了，对这里古老的街巷、古朴的民俗欣赏过多次，对清澈悠长的河道和星罗棋布的小桥也很熟悉，当然也曾去茅盾故居顶礼膜拜。我让第一次来这里的家人去老街和商铺赶热闹，那里摩肩接踵，顾客盈门呢，而我自己则专去僻静冷落的小巷闲逛。经验告诉我，江南古镇的僻静小巷，幽然无声，却往往风情浓郁，底蕴深厚，有许多不被人关注的人、物、事，犹如散落民间的珍珠，待人抹去蒙尘。

我走进一条小巷，在转弯处瞥见一家加工玻璃画的铺子。这家店铺的招牌蓝底红字，但已呈几分破败的灰白色，店名也模糊不清，只有那“玻璃画”三个字还鲜明地坚守在黯淡的背景上，昭示着小店的身份。我想，这家店定是开了多年了。

我走进去。铺子狭小，只二十平米左右。首先映入眼帘的，是摆放四周的许多洁净的玻璃画，从花鸟鱼虫到飞禽走兽，从云蒸霞蔚到仕女美人，从亭榭楼阁到山高水长，无一不栩栩如生又静谧无声。铺子的中央是一张工作台，店主正在伏案作画。十几支大小不一的狼毫、羊毫一字儿排开，各色的颜料摆得井然有序，几个碗碟大的调色盘内已调好一些我不知名的色泽，室内弥漫着颜料的气味，有些刺鼻呛人。店主是位中年妇女，见我进来，微笑着客气地招呼："欢迎参观！"这是个手艺人，蓝色的工作服上沾染着各种色彩，浓淡混杂，像穿着一件色彩斑斓的衣裳。我知道，这样的手艺活，一般是不被人看重的，画酬也不会高。一个女性，热衷于它，并以此谋生，一定是从年轻时起立此志向，从头学起，做起，有耐心，有恒心，耐得寂寞，不顾及闲言碎语，还要有艺术的美的天分。古镇及周边的人，传统，循旧，遇上装修新屋、祝贺乔迁、寿庆新婚之类的喜事，会来这里点上一面画着鸳鸯的明镜或者画着寿星的匾额，约定着日期交货。女店主的玻璃画，就是为四里八乡的人们服务，助力着乡村社会和谐、文明的建设。

女店主大约料定我不是来买画的，她于是不跟我说话，继续她的工作。我看她微低着头，拈着笔，在一只飞鸟上仔细地勾线、上彩、晕染，精心、专注、心无旁骛。那玻璃上的鸟儿渐渐丰满生动起来，有了青翠的羽毛，有了金灿灿的眼睛，有了红褐色的脚爪，显得立体、富丽、璀璨。店里充盈着宁静的气息，仿佛隔绝了外界的一切杂音，甚至连时间也似乎凝滞了。我对"女画师"说："你画得真好看。"她搁笔朝我嫣然一笑，并不说话。她的身影映在店中大大小小、各色各样的玻璃画上，就像融进画里。

谁能说这民间喜闻乐见的玻璃画不是一门艺术呢？没有喧嚣，不图炫目，一支毛笔，一块玻璃，方寸之间承载了旖旎万千的风景。

那天中午，我们从镇上一家酒肆出来，在一个开阔的街口看到了一幕令我震惊的场景。一个扎着两条大辫子，双颊冻得没有血色的年轻姑娘，蹲坐在一块薄薄的褪了色的旧布上，躬着背，拿着一支毛笔在宣纸上写字。她的字儒雅优美，“自强”两字，每一笔，每一画，都如同苍劲有力的千年古树的枝干，在白白的宣纸上渲染；“学无止境”四个字，写得飘逸柔软却不失大气潇洒。围观的人都惊叹姑娘的字好。我完全没有料到，她年纪轻轻，竟能在这寒冷冬日的室外，在铺于地面的宣纸上，众目睽睽之下，如此从容地挥洒笔墨，写出如此秀美的书法作品！须知，这必须有十分扎实的书法基本功，要将篆、隶、草、行、楷的不同技法烂熟于心，习过古代现代书法名家无数的碑帖范本，还要有即席创作的胆魄，有俯地悬腕书写的能力和机敏，真是太不容易，太不可思议了！

有人买她的作品。她将自己的书法卷轴小心翼翼地用红丝带捆起，递给买家，还不忘双手合十，说一声：“谢谢，请多指教！”

这女孩腿有残疾，肯定不会是什么书法家协会的成员，可有谁能说，她的水平比书法家逊色呢？

高手在民间。玻璃画的女店主、街头书写的女孩，都是敬于业精于业又默默无闻的高手啊！在我们教育界，如今有许多风云人物，教育名家，但更多的是普通教师，其中不乏有思想有水平的人物。他们不是“象牙塔”中的人杰，而是真正接地气的平凡一员。笔者以前工作的学校有一位班主任方老师，寡言少语，温文尔雅。她视学生为己出，再顽皮捣蛋的孩子在她的教育下都能改变成勤学守纪的好学生；再乱的班级在她手上都能很快改变面貌，变得团结友爱，积极向上，而且能做到她在与不在一个样。方老师从不训斥学生，从不在学生面前发火，甚至听不到她在学生面前高声讲话。奇怪的是，学生就是服她，敬她，爱她。她说不出什么高深的理论，也不善于向青年老师传授经验，但我一直认为，她很懂得现代教育理念，很有教育心理学管理学方面的学问，具有一切从实际出发的优良工作作风……她朴实无华，但平凡中蕴有着杰出，坚守“择一事，终一生”的信条，因而桃李芬芳，生命灿烂。

我的脑海中涌上了一个古词：大音希声。我想，大多传世的经典之作和绝伦的人，都是这样的吧。

穿越历史星空的观照

在灿如星辰的古代文学家中，我最喜欢最钦佩的是苏东坡（苏轼）。一首《念奴娇·赤壁怀古》“大江东去，浪淘尽，千古风流人物。故垒西边，人道是，三国周郎赤壁。乱石穿空，惊涛拍岸，卷起千堆雪。江山如画，一时多少豪杰……”，笔力雄健，豪情万丈，气贯长虹。一曲《水调歌头·中秋》“明月几时有，把酒问青天。不知天上宫阙，今夕是何年……人有悲欢离合，月有阴晴圆缺，此事古难全，但愿人长久，千里共婵娟”，想象奇特，柔情万种，荡气回肠，千古流传。苏东坡不光词写得好，而且诗文了得，书画出色，才艺出众，且守正不阿，悲天悯人，心底坦诚，放任不羁，生性诙谐，具有天真烂漫的赤子之心，生活得多姿多彩。这些，都使他成为天地间的凤毛麟角，同时代的其他人不能望其项背。有一天，老艺术家焦晃在电视上朗诵苏东坡的《江城子·乙卯正月三十日夜记梦》，当念到“相顾无言，惟有泪千行。料得年年断肠处：明月夜，短松冈”时，现场听众都泪眼汪汪。与其说是焦晃的朗诵声情并茂，有高超的煽情技巧，不如说是苏轼对亡妻的真挚感情深深打动了大家。此词没有什么粉饰，就像谈家常似的一句一句诉说着对亡妻深刻难忘的思念，字字自真纯的心肺间流出。试问，我们哪里读到过如此真情而凄美的悼亡词呢？唯有东坡！

我国著名作家和语言学家林语堂，大约是最赏识、最了解苏东坡的。一九四七年，他费时三年写成的《苏东坡传》出版。这是他用英文写就的历史人物传记，是他“最偏爱的作品”。我们今天可以读到的此书，是根据他的英文原著翻译过来的。

林语堂在上世纪五十年代后曾长期被湮没，跟钱钟书、胡适、沈从文、汪曾祺这些人一样，生平、作品及对中国文学发展的贡献鲜为人知，直到八九十年代起才逐渐被抹去尘埃，作品重见天日。人们于是惊呼：哇，还有这么了不起的文化巨人！不是只有鲁迅、巴金、茅盾、郭沫若呀！

我读林语堂的作品自上世纪八十年代始，第一本是原中华书局一九七八年出版的长篇小说《京华烟云》。这部书的内页上印有作者的半身肖像：略显稀疏但一丝不乱的头发，细框的眼镜，微笑的面容，穿中式长衫，一派儒雅斯文的民国学者风度。给我印象最深的是那镜片后的双眼——深邃又柔和。用他倡导的文风“隽永、甘美、性灵、闲逸”这几个词来形容这双眼睛，真是颇为切合。

这是我初次认识林语堂先生。后来，我又读了他的一些散文集，如《生活的艺术》《风声鹤唳》《人生的盛宴》等，我大为惊讶，他的散文完全不同于朱自清、周作人等。它半雅半俗，深入浅出，入情入理，以一种超脱的心境、闲适的笔调写世事，写人生，自然流畅，幽默诙谐，读其文如闻其声，听其语如见其人，悦美而至享受，欲罢不能。林语堂先生是语言大家、文学大师，所以他曾两次获得诺贝尔文学奖的提名。林先生写《苏东坡传》的时候是一九四五年，那时距苏东坡去世已八百多年了。历史长河浩浩荡荡，跨越了南宋、元、明、清，经历了无数的战争烽火，时代变迁，出现了数不清的英雄豪杰、文化名人，为什么林语堂先生独独要写苏东坡呢？

二〇一五年八月，上海作协和上海写作学会联合在淀山湖度假村举办诗会。时值上海市民诗歌节，我被写作学会邀去参加。会上，作家冬青和我同组，他以前曾是教师，我和他谈起了林语堂为何写苏东坡的问题。他说："我没有注意过这个问题。不过，作家写人物传记，一定是对所写的对象十分地了解，知根知底，甚至惺惺相惜，观照到了自己。你想，林语堂那么多才多艺，有那么丰富的人生，跟苏东坡何其相似！他们的语言风格也相近。"这真是一语中的，使我茅塞顿开。苏东坡不只是个杰出的诗人、散文家，还是杰出的画家、书法家。他在酿酒术、瑜伽术、治水工程技术等方面也颇有研究和建树，甚至在佛学、道学等方面也造诣很深，可谓多种才能荟萃于一身，不可多得。苏东坡的一生一直卷在政治旋涡之中，但他却光风霁月，高高超越于狗苟蝇营的政治勾当之上，虽屡遭祸害，却总是置之度外。对林语堂来说，他更感兴趣的是苏东坡的文字那么美，那么纯真，语言诙谐快乐，襟怀开阔豁达，从他的笔端能听到人类情感之弦的振动，愤世嫉俗而又是非分明，热忱友善如清风阵阵，自得其乐，具有难得的青春活力。苏东坡是面镜子，林语堂从中观照到了自己。他何尝不是与苏东坡是同样的人呢？他一定想起自己也才能出众，不仅是散文家、小说家，还是语言学家、翻译家、哲学家；他一定觉得自己也有无穷的创造精神，不光首创了罗马拼音字母、中文字母打字，还向世界推介中国古典和现代文学，促进了最早的中外文学的交流；他一定对自己的文字风格与苏东坡相似而喜不自胜：自然流畅，幽默意趣，清淡隽永，充满真诚，给人以快乐和美的享受。

林语堂说："知道一个人或是不知道一个人，与他是否为同代人没有关系。我认为我完全知道苏东坡，因为我了解他；我了解他，是因为我喜爱他。"又说："苏东坡的人品道德构成了他名气的骨干，他的文章风格之美构成了他精神之美的骨肉。"林语堂从苏东坡身上看到了心目中中国文人的气质和品格，观照到了他已经有的和希望有的人格精神。于是，在他的生花妙笔之下，苏东坡作为一位文学家、政治家、书画家的一生被娓娓道来，一个性格鲜明、多才多艺、形象饱满、可敬可爱的历史人物清晰地浮现在读者眼前。

这就是林语堂的苏东坡，是他的偶像。这个苏东坡身上有林语堂的影子。我们今天读《苏东坡传》是不能忘记林语堂的，要同时读林语堂。林语堂当然不是一个完人，他有他的局限性，有他性格和思想的缺陷。鲁迅曾写《小品文的危机》规劝他不要把小品文当作"小摆设"，须张扬批判性和战斗性。林语堂最终也没有听取鲁迅的规劝，坚持用散文的笔调本色为文。

二十世纪五十年代以后林语堂在美国写作，六十年代定居台湾，七十年代到香港工作，一九七六年病逝，终年八十岁。他的一生也如苏东坡一样丰富多彩。他的散文写作另辟蹊径，拓展了现代散文的审美维度，让我们在鲁迅等左翼作家批判性战斗性的文风之外，又看到另一种清丽幽默、心灵启悟的文采。这两种不同的文风在当时都直面人生，都讲改造国民性，各放异彩，各领风骚。如果以此来贬低甚至否定林语堂，显然是不公正的，也徒劳无益。我们不必对他过分地抬爱，但他在中国文学发展史上留下的浓墨重彩是难以抹去的。

林语堂是个注重自身价值的作家，他写苏东坡不光是津津乐道于苏东坡的才能和文采，他心仪苏东坡的精神品质和道德境界，从而观照自身，直面了自身。

读读《苏东坡传》吧，那是写得多么好的一部书啊，穿越历史星空的观照，远隔悠悠时光的心灵遥望——两颗闪耀的星，苏东坡和林语堂。

后　记

收集在这本书里的，是我二〇一七年夏至二〇一八年春所写的随笔，原本有六十四篇，编辑时删去了一些。工作之余写些小文章是我的习惯，以前也写过不少，可惜都没有保存下来。要感谢手机微信，是在我使用微信之后，才有意收藏了这些文稿，这本书才得以出版。

这些随笔当时是以夏、秋、冬、春四季的顺序写的，陆续在微信朋友圈里发表。我是一名有四十多年教龄的老教师，退休后又继续工作至今，所写的内容以教育随笔为主，其中有对教育事件的回忆，有对语文教学尤其是作文教学的一些杂感，也有对提升教师语文素养的一些看法。把它写出来，既是对自己教育生涯的深情追忆，又以此与现今的老师们共同探讨教育的真谛和教师专业发展等诸多问题。

这些随笔还有相当一部分的内容是记叙社会生活、发现和赞赏生活中的真善美的。我觉得，美无处不在，精神文明之花四季常开，这始终是我们社会生活中的主流。发现美、歌颂美、以美来愉悦和陶冶我们的性情，并且在日常生活和工作中去宣扬美、创造美，是我们教育工作者应有的人生态度和教育情怀。教师是美的使者。如果我们自身有一双发现美的眼睛，有积极乐观的精神气质，有怀抱美好，憧憬幸福未来的信念和梦想，那么我们生活的每一天都会是快乐的，生命是有价值的，学生的健康成长也是可以期待的。

为了阅读方便，编辑出版时，我把顺序重新以春夏秋冬四季来排列，并冠以《春天是每个人的》书名。

社会发展高歌猛进。我的心张开双翼，乘着新时代的东风，阅不尽人间的美好，唱不完祖国的日新月异。我对人民、对生活、对教育事业充满了热爱和感恩之情。我的随笔不是应景之作，实发自内心，但我的笔显得笨拙无力，难以绘画人生千万种的美好，也仅能表白我内心情感的万一。如拙作能给读者一些启发和思考，留下一些美好的感觉，那我就甚感欣慰的了。

本书的出版承蒙原上海教育出版社陆兆亿老师的大力帮助，成功教育集团专家吴伟国先生热心地为之统稿编辑，侯锁生、黄春荣、胡惠芬、程圣婉、廖文娟等诸位同行热情鼓励和支持，在此一并表达衷心的谢意。

2018 年 6 月

图书在版编目(CIP)数据

春天是每个人的/孙文淑著. —上海:上海社会科学院出版社,2018
ISBN 978-7-5520-2456-2

Ⅰ. ①春… Ⅱ. ①孙… Ⅲ.①随笔-作品集-中国-当代 Ⅳ. ①I267.1

中国版本图书馆 CIP 数据核字(2018)第 202086 号

春天是每个人的

著　　者: 孙文淑
责任编辑: 陈如江
封面设计: 黄婧昉
出版发行: 上海社会科学院出版社
上海顺昌路 622 号　邮编 200025
电话总机 021-63315900　销售热线 021-53063735
http://www.sassp.org.cn　E-mail:sassp@sass.org.cn
照　　排: 南京理工出版信息技术有限公司
印　　刷: 上海龙腾印务有限公司
开　　本: 890×1240 毫米　1/32 开
印　　张: 6.25
字　　数: 140 千字
版　　次: 2018 年 10 月第 1 版　2018 年 10 月第 1 次印刷

ISBN 978-7-5520-2456-2/I·297　定价: 38.00 元